瑞蘭國際

瑞蘭國際

Fun! Fun! Korean

高麗大學
韓國語 ①
Workbook

高麗大學韓國語文化教育中心　編著

朴炳善博士 陳慶智博士　翻譯、審訂

한국어

한국어는 사용 인구면에서 세계 10대 언어에 속하는 주요 언어로, 지금도 많은 사람들이 세계곳곳에서 한국어를 배우고 있습니다. 이러한 한국어 학습 열기는 국제 사회에서 한국의 위상이 높아짐에 따라 앞으로 더욱 뜨거워질 것으로 전망합니다.

고려대학교 한국어문화교육센터는 설립 이래 20여 년간 다양한 학습자를 대상으로 한국어와 한국문화를 교육해 왔으며, 체계적이고 효율적인 교수 방법으로 세계적으로 정평이 나 있습니다. 그리고 그동안 학습자에 따른 맞춤형 교육을 실시해 오면서 다양한 한국어 교재를 개발해 왔습니다.

이 교재는 한국어문화교육센터가 그동안 쌓아 온 연구와 교육의 성과를 바탕으로 개발한 것입니다. 이 교재의 가장 큰 특징은 한국어 구조에 대한 이해와 다양한 말하기 연습을 바탕으로 학습자 스스로 의사소통 활동을 할 수 있도록 구성했다는 점입니다. 이 교재를 통해 학습자는 다양한 의사소통 상황에서 성공적인 한국어 의사소통을 할 수 있는 능력을 기르게 될 것입니다.

이 교재가 나오기까지 참으로 많은 분들의 정성과 노력이 있었습니다. 무엇보다도 밤낮으로 고민하고 연구하면서 최고의 교재를 개발하느라 고생하신 저자들께 감사를 드립니다. 또한 고려대학교의 모든 한국어 선생님들께도 깊은 감사를 드립니다. 이분들의 교육과 연구에 대한 열정과 헌신적인 노력이 없었다면 이 교재의 개발은 불가능했을 것입니다. 이 선생님들의 교육 방법론과 강의안 하나하나가 이 교재를 개발하는 데 훌륭한 기초 자료가 되었습니다. 이 외에도 이 책이 보다 좋은 모습을 갖출 수 있도록 도와 주신 번역자를 비롯해 편집자, 삽화가, 사진 작가들께 감사를 드립니다. 또한 한국어 교육에 관심과 애정을 가지고 이렇듯 훌륭한 교재를 출간해 주신 교보문고에도 큰 감사를 드립니다.

부디 이 책이 여러분의 한국어 학습에 큰 도움이 되기를 바라며, 한국어 교육의 발전에 새로운 이정표가 될 수 있기를 바랍니다.

2008년 1월

국제어학원장 김기호

前言

韓語就使用人口層面而言屬世界十大主要語言，現在也有很多人在世界各地學習韓語。這股韓語學習風潮隨著韓國國際地位的提升，放眼未來將會更加發光發熱。

自高麗大學韓國語文化教育中心設立20多年來，以來自不同背景的學習者為對象，教授韓語與韓國文化，以有系統、有效率的教學方法廣受國際一致好評。同時隨著這段期間因應不同學習者而施行的個別教學法，開發了各式各樣的韓語教材。

本教材是以韓國語文化教育中心這段期間累積下來的研究與教育成果為基礎所開發。它最大的特色在於為了讓學習者達到溝通無礙，透過了解韓語結構及豐富多元的口頭練習作為基礎所構成。藉由這套教材培養溝通能力，讓學習者能因應各種情況隨心所欲地以韓語表達自己的想法。

多虧諸位人士的熱誠與努力，這套教材才得以問世。首先得感謝終日苦思、研究，為了開發最佳教材而勞心勞力的作者們。以及向高麗大學的所有韓語老師致上深深的謝意。如果沒有這群人對教育與研究投注的熱誠與奉獻精神，就不可能開發出這套教材。這群老師的教育方法論與授課中的一切成了開發這套教材時的最佳第一手資料。此外，也謝謝譯者、編輯、插畫家及攝影師們的協助，為本書更增添了不少可看性。同時也對關注、關愛韓語教育，為我們出版如此優秀教材的教保文庫表達無限感激。（註：原書在韓國為教保文庫出版。）

由衷希望本書能對各位在韓語學習上有所幫助，也期盼本書能成為韓語教育發展上新的里程碑。

2008年1月

國際語學院長 金基浩

凡例 일러두기

概要

　　《高麗大學韓國語Workbook Ⅰ》是一本讓韓語初學者易於學習語彙、表現及文法的輔助學習書籍。藉由日常生活當中常面臨的表現或主題，學習者將會有多樣的練習與複習的機會。特別是搭配使用以日常生活會話為主的《高麗大學韓國語Ⅰ》一書，將會有加倍的學習成效。同時，此輔助學習書是為了幫助學習者使用正確的文法，進而能正確地寫作，並且自然地提升韓語知識而編輯而成的。完成語彙、表現、文法等練習之後，將提供豐富的口說、閱讀、寫作練習等文章，幫助學習者培養溝通能力，進而發揮有效的對話功能。

目標

・使學習者熟悉正確的語彙、表現、文法形態。

・將焦點放在日常生活中所面臨的多種狀況，使學習者能根據各種情境，使用適當且正確的文法。

・以《高麗大學韓國語Ⅰ》中使用的表現與主題為基礎，透過各種的狀況練習口說、閱讀與寫作，以培養日常生活之溝通能力

單元結構

　　《高麗大學韓國語Workbook Ⅰ》由韓國文字練習及15個單元所構成。韓國文字的練習能幫助學生們閱讀和書寫韓國文字。《高麗大學韓國語Ⅰ》15個單元中使用的基本主題和表現大致可分成兩個部分，第一部分為語彙、表現及文法練習相關之內容。第二部分則是為了使學習者能有效地進行溝通，而實施的口說、閱讀及寫作練習相關之內容。此外，本輔助學習書每5課提供一次綜合練習，讓學習者複習並完全熟練前5課所學的內容。各單元由下列的內容所組成：

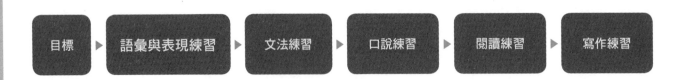

目標　▶　語彙與表現練習　▶　文法練習　▶　口說練習　▶　閱讀練習　▶　寫作練習

目標	透過各單元詳細的目標和內容說明，學習者可以在學習前知道要學什麼。
語彙與表現練習	此部分設計的目的是讓學習者透過豐富的練習和複習，熟悉從教科書中學到的表現、語彙意義以及結構。語彙與表現根據它的意義做了範疇的分類，這讓學習者能輕易地熟悉語彙及表現的意義。
文法練習	此部分針對文法分為兩大項，一是將焦點放在單字的邏輯性連結上，另一個焦點則是放在出現於教科書中、且合於文法的正確單字安排上。教科書練習問題中所提的情況，主要是著重在主教材的基本表現與主題。但相反的，本輔助學習書則是為了應付那情況外所需的文法，而建構出跳脫特定主題或內容的練習機會。藉由這些練習，學習者將能夠使用適切又正確的文法。
口說練習	此部分藉由教科書中所學的主題和語言技巧，讓學生們獨自練習和培養自身的對話能力。從韓語中必要且核心的簡短小對話開始，使學習者可以漸漸提升溝通能力，並瞭解對話形成的原理。
閱讀練習	此部分學生們將以在教材中學到的表現與主題為基礎，獨自組織與練習對話的內容，而達到提升語言能力的目標。此外，藉由在使用韓語上所需的簡短對話，讓學習者漸漸提升溝通的能力，並且瞭解對話形成的原理。
寫作練習	此部分讓學習者能藉由教科書中學到的表現和主題，達到獨自造句及完成文章的目標。此寫作部分除了提供學習者在文章中所需的語彙、表現及文法外，也提示了文章結構與形成的方法。透過這些寫作練習，學習者將可以瞭解文章段落形成的原理，也能培養出獨自書寫文章的能力。

한글 익히기

모음

 ### 모음 1

1 읽고 쓰세요.

모음	이름	발음	쓰기	연습
ㅏ	아	[a]	ㅣ ㅏ	
ㅑ	야	[ja]	ㅣ ㅏ ㅑ	
ㅓ	어	[ʌ]	ㅡ ㅓ	
ㅕ	여	[jʌ]	ㅡ ㅌ ㅕ	
ㅗ	오	[o]	ㅣ ㅗ	
ㅛ	요	[jo]	ㅣ ㅐ ㅛ	
ㅜ	우	[u]	ㅡ ㅜ	
ㅠ	유	[ju]	ㅡ ㅜ ㅠ	
ㅡ	으	[ɯ]	ㅡ	
ㅣ	이	[i]	ㅣ	

2 읽으세요.

❶ ㅏ , ㅣ

❷ ㅗ , ㅜ

❸ ㅡ , ㅓ , ㅠ

❹ ㅛ , ㅓ , ㅑ

3 밑줄에 알맞은 모음을 쓰세요.

ㅏ－ㅑ－＿＿＿－ㅓ－＿＿＿－ㅗ－＿＿＿－ㅜ－＿＿＿－ㅡ－＿＿＿－ㅣ

모음 2

1 읽고 쓰세요.

모음	이름	발음	쓰기	연습
ㅐ	애	[ɛ]	ㅣ ㅏ ㅐ	
ㅔ	에	[e]	· ㅓ ㅔ	
ㅒ	얘	[jɛ]	ㅣ ㅑ ㅒ	
ㅖ	예	[je]	· ㅕ ㅖ	
ㅘ	와	[wa]	· ㅗ ㅚ ㅘ	
ㅙ	왜	[wɛ]	· ㅗ ㅚ ㅘ ㅙ	
ㅚ	외	[ø/wɛ]	· ㅗ ㅚ	
ㅝ	워	[wʌ]	ㅡ ㅜ ㅠ ㅝ	
ㅞ	웨	[we]	ㅡ ㅜ ㅠ ㅝ ㅞ	
ㅟ	위	[y/wi]	ㅡ ㅜ ㅟ	
ㅢ	의	[ɰi]	ㅡ ㅢ	

2 읽으세요.

➊ ㅐ , ㅔ

➋ ㅒ , ㅖ

➌ ㅙ , ㅚ , ㅞ

➍ ㅘ , ㅝ , ㅟ

3 다음 모음과 결합될 수 있는 모음을 찾아 쓰세요.

➊ ㅗ :

➋ ㅜ :

➌ ㅡ :

자음

 자음 1

1 읽고 쓰세요.

자음	이름	발음	쓰기				연습			
ㄱ	기역	[k/g]	ㄱ							
ㄴ	니은	[n]	ㄴ							
ㄷ	디귿	[t/d]	ㅜ ㄷ							
ㄹ	리을	[l/ɾ]	ㄱ ㄹ ㄹ							
ㅁ	미음	[m]	ㅣ ㅁ ㅁ							
ㅂ	비읍	[p/b]	ㅣ ㅔ ㅂ ㅂ							
ㅅ	시옷	[s/ɕ]	ﾉ ㅅ							
ㅇ	이응	[ŋ]	ㅇ							
ㅈ	지읒	[tɕ]	ㅜ ㅈ							
ㅊ	치읓	[tɕʰ]	ㅡ ㅊ ㅊ							
ㅋ	키읔	[kʰ]	ㄱ ㅋ							
ㅌ	티읕	[tʰ]	ㅡ ㅌ ㅌ							
ㅍ	피읖	[pʰ]	ㅡ ㅜ ㅍ ㅍ							
ㅎ	히읗	[h]	ㅡ ㅎ ㅎ							

2 읽으세요.

❶ ㄱ, ㄷ, ㅎ   ❷ ㄹ, ㅂ, ㅌ   ❸ ㅅ, ㅁ, ㅈ   ❹ ㄴ, ㅇ, ㅋ

3 밑줄에 알맞은 자음을 쓰세요.

❶ ㄱ – ___ – ㄷ – ___ – ___ – ㅂ – ㅅ

❷ ㅇ – ㅈ – ___ – ___ – ㅌ – ___ – ___

자음 2

1 읽고 쓰세요.

자음	이름	발음	쓰기	연습
ㄲ	쌍기역	[k*]	ㄱ ㄲ	
ㄸ	쌍디귿	[t*]	ㄸ ㄷ ㄸ	
ㅃ	쌍비읍	[p*]	ㅂ ㅂ ㅃ ㅃ ㅃ	
ㅆ	쌍시옷	[s*]	ㅅ ㅆ ㅆ	
ㅉ	쌍지읒	[tɕ*]	ㅈ ㅉ ㅉ	

2 읽으세요.

❶ ㄱ , ㄲ   ❷ ㄷ , ㄸ   ❸ ㅂ , ㅃ   ❹ ㅅ , ㅆ   ❺ ㅈ , ㅉ

3 자음을 순서대로 연결하세요.

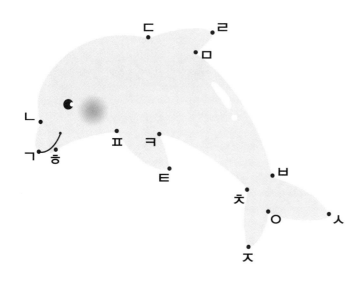

음절의 구성

 음절의 구성 1

1 읽고 쓰세요.

아	야	어	여	오	요	우	유	으	이

2 읽으세요.

❶ 아우   ❷ 어요   ❸ 오이   ❹ 우유   ❺ 이야

3 읽고 쓰세요.

	ㄱ	ㄴ	ㄷ	ㄹ	ㅁ	ㅂ	ㅅ	ㅇ	ㅈ	ㅊ	ㅋ	ㅌ	ㅍ	ㅎ
ㅏ								아						
ㅑ								야						
ㅓ								어						
ㅕ								여						
ㅗ								오						
ㅛ								요						
ㅜ								우						
ㅠ								유						
ㅡ								으						
ㅣ								이						

4 읽으세요.

① 구두   ② 너구리   ③ 누나   ④ 두루미   ⑤ 드디어

⑥ 라디오   ⑦ 모자   ⑧ 미소   ⑨ 바다   ⑩ 서류

⑪ 소나기   ⑫ 야구   ⑬ 요리   ⑭ 우표   ⑮ 휴지

5 〈보기〉와 같이 글자를 만드세요.

> 보기
>
> ㄱ, ㅗ, ㄹ, ㅕ ➡ <u>고려</u>

① ㄱ, ㅏ, ㅅ, ㅜ   ➡ _____

② ㅇ, ㅜ, ㄹ, ㅣ   ➡ _____

③ ㄴ, ㅏ, ㅁ, ㅜ   ➡ _____

④ ㅎ, ㅏ, ㄹ, ㅜ   ➡ _____

⑤ ㅇ, ㅑ, ㅈ, ㅏ   ➡ _____

⑥ ㅍ, ㅏ, ㄷ, ㅗ   ➡ _____

⑦ ㄷ, ㅗ, ㅌ, ㅗ, ㄹ, ㅣ   ➡ _____

⑧ ㅇ, ㅓ, ㅁ, ㅓ, ㄴ, ㅏ   ➡ _____

⑨ ㄱ, ㅗ, ㅅ, ㅏ, ㄹ, ㅣ   ➡ _____

⑩ ㅅ, ㅗ, ㅋ, ㅜ, ㄹ, ㅣ   ➡ _____

음절의 구성 2

읽고 쓰세요.

	ㄱ	ㄴ	ㄷ	ㄹ	ㅁ	ㅂ	ㅅ	ㅇ	ㅈ	ㅊ	ㅋ	ㅌ	ㅍ	ㅎ
아	악													
야	약													
어	억													
여	역													
오	옥													
요	욕													
우	욱													
유	육													
으	윽													
이	익													

읽으세요.

❶ 공부, 건강, 견학

❷ 남대문, 노인, 눈물

❸ 당나귀, 동그라미, 동전

❹ 라디오, 라면, 레몬

❺ 마음, 명동, 무당벌레

❻ 바람, 보리밭, 봄나물

❼ 선생님, 수업, 숟가락

❽ 악어, 양동이, 일기

❾ 자전거, 종로, 주전자

❿ 처음, 채소, 출근

⓫ 컴컴해요, 코끼리, 큰형

⓬ 탐험가, 톱날, 통나무

⓭ 편지, 폴짝폴짝, 풀냄새

⓮ 하늘, 한국어, 회사원

⓯ 꼭, 꼴두기, 끝

⓰ 따르릉, 따오기, 딸

⓱ 빨래, 빵집, 뽕나무

⓲ 쌍둥이, 쓰레기통, 씀바귀

⓳ 짝꿍, 쫄면, 찐빵

3 〈보기〉와 같이 글자를 만드세요.

보기

ㄱ, ㅗ, ㅁ ➡ <u>곰</u>

❶ ㅊ, ㅐ, ㄱ ➡ _____

❷ ㅅ, ㅣ, ㅎ, ㅓ, ㅁ ➡ _____

❸ ㅇ, ㅣ, ㄹ, ㄱ, ㅗ, ㅂ ➡ _____

❹ ㄱ, ㅗ, ㅇ, ㅑ, ㅇ, ㅇ, ㅣ ➡ _____

❺ ㄸ, ㅏ, ㄹ, ㄱ, ㅣ ➡ _____

❻ ㅎ, ㅐ, ㅇ, ㅂ, ㅗ, ㄱ ➡ _____

❼ ㅂ, ㅗ, ㄱ, ㅅ, ㅜ, ㅇ, ㅇ, ㅏ ➡ _____

❽ ㅊ, ㅏ, ㅇ, ㅁ, ㅜ, ㄴ ➡ _____

❾ ㅃ, ㅏ, ㅇ, ㄱ, ㅏ, ㄱ, ㅔ ➡ _____

❿ ㅊ, ㅐ, ㄱ, ㅅ, ㅏ, ㅇ ➡ _____

⑪ ㄷ, ㅏ, ㄹ, ㄹ, ㅣ, ㄱ, ㅣ ➡ _____

⑫ ㅂ, ㅏ, ㄹ, ㅁ, ㅕ, ㅇ, ㄱ, ㅏ ➡ _____

단어 읽기

1 다음 단어를 읽으세요.

❶ 개다 – 캐다 – 깨다

❷ 달 – 탈 – 딸

❸ 불 – 풀 – 뿔

❹ 자다 – 차다 – 짜다

2 〈보기〉와 같은 단어를 찾으세요.

❶ 보기 도라지   ⓐ 도리지   ⓑ 도라지   ⓒ 드라지

❷ 보기 두루미   ⓐ 드르미   ⓑ 두르미   ⓒ 두루미

❸ 보기 가로수   ⓐ 가로수   ⓑ 거리스   ⓒ 거라수

❹ 보기 코끼리   ⓐ 고키리   ⓑ 코키리   ⓒ 코끼리

❺ 보기 보리밥   ⓐ 브리밥   ⓑ 보리법   ⓒ 보리밥

❻ 보기 원숭이   ⓐ 언숭이   ⓑ 원숭이   ⓒ 원승이

3 다음 단어를 찾아 연결하세요.

❶		❷		❸	
나라	➡	아기	➡	토끼	➡	아버지

❹		❺		❻	
➡	소나기	➡	나라	➡	포도

❼		❽		❾	
➡	너구리	➡	치마	➡	포도

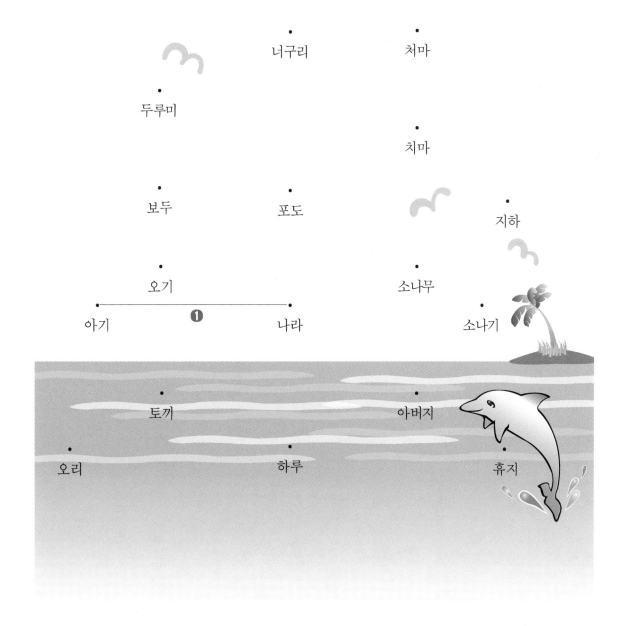

너구리   처마

두루미

치마

보두   포도

지하

오기   소나무

아기   ❶   나라   소나기

토끼   아버지

오리   하루   휴지

4 다음 단어를 찾으세요.

보기
❶ 치마   ❷ 휴지통   ❸ 소리   ❹ 한복   ❺ 시합

❻ 카메라   ❼ 나무   ❽ 실험   ❾ 얘기   ❿ 운동장

❶					
치	마	수	유	콩	함
봅	강	휴	지	통	소
한	복	숭	시	합	리
카	메	라	아	나	무
피	실	험	치	얘	치
운	동	장	구	기	잡

5 다음 단어를 읽으세요.

❶ 앞 – 팥 – 트집 – 빗 – 잣 – 솥 – 탑

❷ 히읗 – 하늘 – 라면 – 늦잠 – 마음 – 마당 – 온천

❸ 아가 – 가방 – 방송 – 송아지 – 지구 – 구경 – 경치

❹ 방석 – 석굴암 – 암흑 – 흑장미 – 미술 – 술잔 – 잔돈

문장 읽기

1 다음 문장을 읽으세요.

❶ 누나가 자요.

❷ 어머니가 노래해요.

❸ 파란 의자를 사요.

❹ 내일 친구를 만나요.

❺ 아침에 신문을 읽어요.

❻ 음악을 들으세요.

❼ 이것은 우산이에요.

❽ 휴지통이 책상 밑에 있어요.

❾ 저 사과는 천 원이에요.

❿ 장미꽃이 예쁘게 피었어요.

⓫ 토끼는 눈이 동그래요.

⓬ 시끄럽게 떠들지 마세요.

⓭ 어제는 날씨가 쌀쌀했어요.

⓮ 우리 집 돼지는 뚱뚱해요.

⓯ 아저씨가 회사에 뛰어가요.

차례

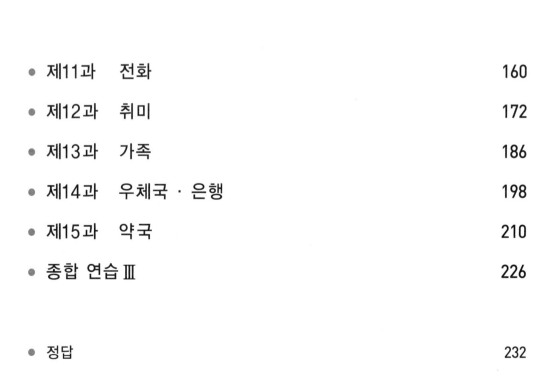

교재 구성

단원	주제	기능	어휘
1 자기소개	자기소개	• 인사하기 • 자기소개하기	• 국가 • 직업
2 일상생활 I	일상생활	• 일상적인 활동 표현하기	• 장소 • 동작
3 물건 사기	물건 사기	• 가게에서 물건 사기 • 물건의 가격 묻기	• 물건 • 수
4 일상생활 II	일상생활	• 지난 일과 하루 일과에 대해 이야기하기	• 시간(시/분) • 하루 일과
5 위치	위치	• 장소나 물건의 위치에 대해 이야기하기 • 방향 묻기 • 방향 가르쳐 주기	• 장소 • 위치
종합 연습 I			
6 음식	음식	• 좋아하는 음식에 대해 이야기하기 • 음식 주문하기 • 제안하기	• 음식 • 맛
7 약속	약속	• 약속 정하기 • 제안하기 • 계획 설명하기	• 요일 • 날짜
8 날씨	날씨	• 계절 묘사하기 • 날씨 묘사하기 • 이유 설명하기	• 계절 • 날씨 • 날씨 관련 표현

문법	활동
• (명사)은/는 　(명사)이에요/예요 • -이에요/예요 • -은/는	• 말하기 : 처음 만난 사람과 이름, 국적, 직업에 대해 묻고 답하기 • 읽기　 : 신분증 내용 파악하기 • 쓰기　 : 자기소개의 글 쓰기
• 한국어의 어순 • -아/어/여요 • -을/를 • -에 가다	• 말하기 : 일상적인 활동에 대해 묻고 답하기 • 읽기　 : 하루 일과에 대한 글 읽기 • 쓰기　 : 하루 일과에 대한 글 쓰기
• -(으)세요 • -하고, -와/과 • 수량 명사	• 말하기 : 가게에서 물건 사기 • 읽기　 : 쇼핑에 대한 글 읽기 • 쓰기　 : 그림을 보고 쇼핑에 대한 글 쓰기
• -았/었/였어요 • 안 • -에 • -에서	• 말하기 : 시간 묻고 답하기, 지난 일에 대해 묻고 답하기 • 읽기　 : 하루 일과를 설명하는 글 읽기 • 쓰기　 : 어제 한 일을 설명하는 글 쓰기
• -이/가 • -에 있다/없다 • -(으)로 가다	• 말하기 : 장소나 물건의 위치에 대해 묻고 답하기 • 읽기　 : 방 안의 물건 위치를 설명하는 글 읽기 • 쓰기　 : 그림을 보고 물건의 위치를 설명하는 글 쓰기
• -(으)ㄹ래요 • -아/어/여요 • -(으)러 가다	• 말하기 : 먹고 싶은 음식 이야기하고 음식 주문하기 • 읽기　 : 메뉴판 내용 파악하기 • 쓰기　 : 좋아하는 한국음식에 대한 글 쓰기
• -(으)ㄹ 것이다 • -(으)ㄹ까요 • -고 싶다	• 말하기 : 제안하고 약속하기 • 읽기　 : 만남을 제안하는 이메일 읽기 • 쓰기　 : 수첩 내용을 보고 일정을 설명하는 글 쓰기
• -고 • -아/어/여서 • -지요 • ㅂ 불규칙	• 말하기 : 날씨와 계절에 대해 묻고 답하기 • 읽기　 : 일기예보의 내용 파악하기 • 쓰기　 : 날씨와 관계있는 일과에 대한 글 쓰기

단원	주제	기능	어휘
9 주말 활동	주말 활동	• 주말 활동과 계획 표현하기 • 경험에 대해 묻고 답하기	• 주말 활동 • 시간
10 교통	교통	• 교통편 묻기 • 교통편에 대해 이야기하기	• 교통수단

종합 연습 II

단원	주제	기능	어휘
11 전화	전화	• 전화 걸고 받기	• 전화 관련 표현
12 취미	취미	• 취미와 경험에 대해 이야기하기	• 취미 • 빈도 표현
13 가족	가족	• 가족 소개하기 • 정확한 높임 표현을 사용해 묻고 답하기	• 가족 • 경어 어휘
14 우체국·은행	우체국·은행	• 공공장소에서 격식적으로 말하기 • 우체국에서 편지·소포 보내기 • 은행에서 환전하기·통장 만들기	• 우체국과 은행에서 하는 일 • 우체국과 은행 관련 어휘
15 약국	약국	• 증상 설명하기 • 약 복용법 이해하기	• 신체 • 증상

종합 연습 III

문법	활동
• -(으)려고 하다 • -에 가서 • -아/어/여 보다	• 말하기 : 주말 활동이나 계획에 대해 묻고 답하기 • 읽기 : 지난 주말 활동에 대한 일기 읽기 • 쓰기 : 주말 계획에 대한 글 쓰기
• -아/어/여야 되다/하다 • -에서, -까지	• 말하기 : 교통편에 대해 묻고 답하기 • 읽기 : 서울의 유명한 장소까지의 교통편에 대한 글 읽기 • 쓰기 : 자주 가는 장소까지의 교통편과 소요 시간에 대한 글 쓰기
• -아/어/여 주세요 • -(으)ㄹ 것이다 • -(으)ㄹ게요	• 말하기 : 다양한 상황에서 전화 걸고 받기 • 읽기 : 전화에 대한 일기 읽기 • 쓰기 : 전화에 대한 일기 쓰기
• -는 것 • 못 • -보다 • -에	• 말하기 : 취미에 대해 묻고 답하기 • 읽기 : 취미를 소개하는 글 읽기 • 쓰기 : 취미에 대해 묻는 설문지를 읽고 취미를 소개하는 글 쓰기
• -(으)시- • 경어 어휘 • -께서, -께서는, -께 • -의	• 말하기 : 가족에 대해 묻고 답하기 • 읽기 : 가족을 소개하는 글 읽기 • 쓰기 : 가족사진을 보고 가족을 소개하는 글 쓰기
• -ㅂ니다/습니다 • -ㅂ니까/습니까 • -(으)십시오 • -(으)ㅂ시다	• 말하기 : 우체국·은행에서 격식체를 사용하여 직원과 묻고 답하기 • 읽기 : 엽서 읽기 • 쓰기 : 편지 보내기에 대한 일기 쓰기
• -아/어/여도 되다 • -(으)면 안 되다 • -지 말다 • -(으)ㄴ 후에 • -기 전에	• 말하기 : 증세와 약 복용법에 대해 묻고 답하기 • 읽기 : 감기에 걸린 경험에 대한 일기 읽기 • 쓰기 : 아파서 진료를 받은 경험에 대한 일기 쓰기

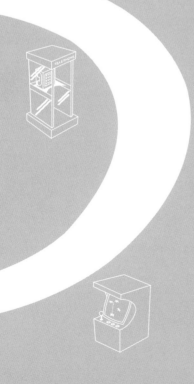

제1과 자기소개

학습 목표
처음 만난 사람에게 자기소개를 할 수 있다.

주제	자기소개
기능	인사하기
	자기소개하기
연습	말하기 : 처음 만난 사람과 이름·국적·직업에 대해 묻고 답하기
	읽기 : 신분증 내용 파악하기
	쓰기 : 자기소개의 글 쓰기
어휘	국가, 직업
문법	(명사)은/는 (명사)이에요/예요, -이에요/예요, -은/는

제1과 **자기소개**

1 그림을 보고 〈보기〉의 표현을 골라 이야기한 후에 쓰세요.

보기		
ⓐ 미국 사람	ⓑ 영국 사람	ⓒ 일본 사람
ⓓ 중국 사람	ⓔ 태국 사람	ⓕ 호주 사람

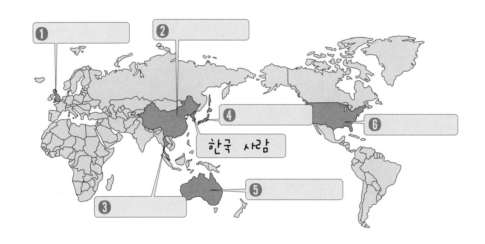

2 그림을 보고 알맞은 말을 연결하세요.

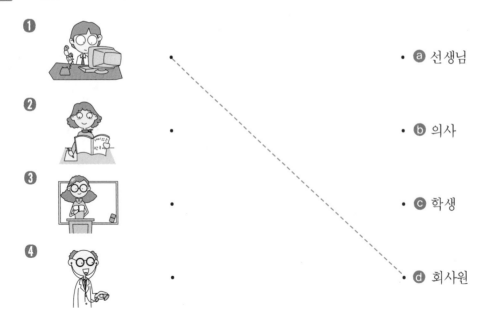

ⓐ 선생님

ⓑ 의사

ⓒ 학생

ⓓ 회사원

명사 은/는 명사 이에요/예요

1 〈보기〉와 같이 이야기한 후에 쓰세요.

> **보기**
>
> 한국 사람이에요 / 수미 씨는 ➡ <u>수미 씨는 한국 사람이에요.</u>

❶ 사토 씨는 / 일본 사람이에요

➡ _____

❷ 회사원이에요 / 투이 씨는

➡ _____

❸ 왕웨이 씨는 / 의사예요

➡ _____

❹ 린다 씨는 / 선생님이에요

➡ _____

❺ 학생이에요 / 이완은

➡ _____

❻ 미국 사람이에요 / 마이클은

➡ _____

✏️ -이에요 / 예요

1 〈보기〉와 같이 이야기한 후에 쓰세요.

> 보기
>
> 한국 사람 ➡ 한국 사람이에요.
>
> 김수미 ➡ 김수미예요.

❶ 중국 사람 ➡ _____

❷ 말레이시아 사람 ➡ _____

❸ 의사 ➡ _____

❹ 학생 ➡ _____

❺ 왕웨이 ➡ _____

❻ 린다 테일러 ➡ _____

2 그림을 보고 〈보기〉와 같이 이야기한 후에 쓰세요.

> 보기
>
> 가수예요.

❶ _____

❷ _____

❸ _____

❹ _____

⑤

린다 테일러 _____

⑥

사토 유이치 _____

⑦

간율란 _____

⑧

왕미미 _____

🖉 –은/는

1 〈보기〉와 같이 이야기한 후에 쓰세요.

> 보기
>
> 마이클__은__ 미국 사람이에요.
>
> 수미 씨__는__ 한국 사람이에요.

❶ 저_____ 중국 사람이에요.

❷ 선생님_____ 한국 사람이에요.

❸ 린다_____ 미국 사람이에요.

❹ 왕웨이 씨_____ 회사원이에요.

❺ 장정_____ 학생이에요.

❻ 수잔_____ 의사예요.

말하기 연습

1 그림을 보고 이야기한 후 쓰세요.

1) 여 : 안녕하세요.

　　남 : _____

2) 여 : 안녕하세요. 저는 린다 테일러예요.

　　남 : _____

3) 남 : 어느 나라에서 왔어요?

　　여 : _____

4) 남 : 학생이에요?

　　여 : _____

5) 여 : 만나서 반갑습니다.

   남 : _____

6) 남 : 안녕하세요.

   저는 마이클 프린스입니다.

   여 : 안녕하세요.

   저는 _____

   남 : 어느 나라에서 왔어요?

   여 : _____

   남 : 학생이에요?

   여 : _____

   남 : 만나서 반갑습니다.

   여 : _____

읽기 연습

1 다음은 신분증입니다. 다음을 잘 읽고 내용이 맞으면 ○, 틀리면 ×에 표시하세요.

1) 학생이에요.   ○ ×

2) 린다 테일러예요.   ○ ×

3) 영국에서 왔어요.   ○ ×

1 사토 씨의 신분증입니다. 사토 씨의 신분증을 보고 여러분도 자신의 신분증을 만들어 보세요. 그리고 자기소개를 해 보세요.

신 분 증	
이름 : 사토 유이치	
국적 : 일본	
직업 : 일본어 선생님	

신 분 증	
이름 :	
국적 :	
직업 :	

1) 여러분의 신분증을 보고 다음 질문에 대답하세요.

(1) 이름이 뭐예요?

_____

(2) 어느 나라에서 왔어요?

_____

(3) 직업이 뭐예요?

_____

2) 메모를 보고 여러분 자신을 소개하는 글을 쓰세요.

안녕하세요. 저는 _____

_____

_____

_____

_____

_____

제2과 일상생활 I

학습 목표
일상생활에 대한 기본적인 표현을 배워 이야기할 수 있다.

주제	일상생활
기능	일상적인 활동 표현하기
연습	말하기 : 일상적인 활동에 대해 묻고 답하기
	읽기 : 하루 일과에 대한 글 읽기
	쓰기 : 하루 일과에 대한 글 쓰기
어휘	장소, 동작
문법	한국어의 어순, -아/어/여요, -을/를, -에 가다

제2과 **일상생활 I**

어휘와 표현

1 그림을 보고 이야기한 후에 쓰세요.

①

학교

②

③

④

⑤

⑥

2 그림을 보고 알맞은 말을 연결하세요.

① 가요 •

• **ⓐ**

② 공부해요 •

• **ⓑ**

③ 들어요 •

• **ⓒ**

④ 마셔요 •

• **ⓓ**

⑤ 먹어요 •

• **ⓔ**

⑥ 이야기해요 •

• **ⓕ**

한국어의 어순

1 〈보기〉와 같이 이야기한 후에 쓰세요.

> 보기
>
> 책을 / 나는 / 읽어요 ➡ <u>나는 책을 읽어요.</u>

❶ 수미 씨는 / 만나요 / 친구를

➡ _____

❷ 해요 / 운동을 / 린다 씨는

➡ _____

❸ 영화를 / 마이클 씨는 / 봐요

➡ _____

❹ 시계를 / 사요 / 영진 씨는

➡ _____

❺ 마셔요 / 선생님은 / 커피를

➡ _____

❻ 마리아 씨는 / 공부해요 / 한국어를

➡ _____

✏ −아/어/여요

1 〈보기〉와 같이 이야기한 후에 쓰세요.

> **보기**
>
> 살다 ➡ <u>살아요.</u>
>
> 웃다 ➡ <u>웃어요.</u>
>
> 운동하다 ➡ <u>운동해요.</u>

❶ 읽다 ➡ _____   ❷ 먹다 ➡ _____

❸ 앉다 ➡ _____   ❹ 가다 ➡ _____

❺ 만나다 ➡ _____   ❻ 오다 ➡ _____

❼ 보다 ➡ _____   ❽ 마시다 ➡ _____

❾ 쓰다 ➡ _____   ❿ 공부하다 ➡ _____

✏ −을/를

1 〈보기〉와 같이 이야기한 후에 쓰세요.

> **보기**
>
> 밥<u>을</u> 먹어요.   전화<u>를</u> 해요.

❶ 한국어____ 공부해요.   ❷ 책____ 읽어요.

❸ 친구____ 만나요.   ❹ 커피____ 마셔요.

❺ 텔레비전____ 봐요.   ❻ 이야기____ 해요.

2 그림을 보고 이야기한 후에 쓰세요.

❶

가 : 무엇을 해요?

나 : 영화_____ 봐요.

❷

가 : 무엇을 해요?

나 : 한국어_____ 공부해요.

❸

가 : 무엇을 해요?

나 : 빵_____

❹

가 : 무엇을 해요?

나 : 친구_____

❺

가 : 책을 읽어요?

나 : 네, _____

❻

가 : 운동을 해요?

나 : 아니요, _____

✏️ –에 가다

1 그림을 보고 〈보기〉와 같이 이야기한 후에 쓰세요.

> **보기**
>
> 가 : 어디에 가요?
>
> 나 : <u>학교에 가요.</u>

❶
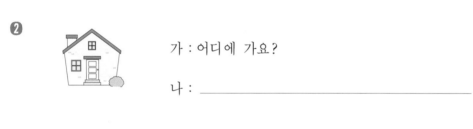

가 : 어디에 가요?

나 : _____

❷
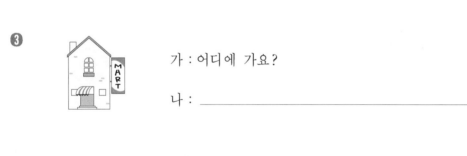

가 : 어디에 가요?

나 : _____

❸
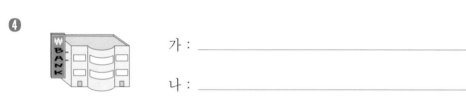

가 : 어디에 가요?

나 : _____

❹

가 : _____

나 : _____

❺

가 : _____

나 : _____

말하기 연습

1 그림을 보고 이야기한 후에 쓰세요.

1)

가 : 안녕하세요, 수미 씨. 어디 가요?

나 : 학교_____

2)

가 : 무엇을 해요?

나 : 한국어_____

3)

가 : 지금 음악을 들어요?

나 : _____

4)

가 : 어디에 가요?

나 : _____

가 : 무엇을 해요?

나 : _____

1 다음은 린다 씨의 하루에 대한 글입니다. 다음을 잘 읽고 내용이 맞으면 ○, 틀리면 ×에 표시하세요.

나는 오늘 한국 친구를 만나요. 같이 학교에 가요. 한국어를 공부해요. 그리고 밥을 먹어요.

1) 나는 친구를 만나요.　　　　○　×

2) 나는 도서관에 가요.　　　　○　×

3) 나는 한국어를 공부해요.　　○　×

1 다음은 마이클 씨의 하루를 나타낸 그림입니다. 그림을 보고 마이클 씨의
하루에 대한 글을 쓰세요.

1) 다음 질문에 대답하세요.

(1) 마이클 씨는 오늘 어디에 가요?

_____

(2) 무엇을 해요?

_____

2) 메모를 보고 마이클 씨가 오늘 어디에 가는지, 무엇을 하는지 쓰세요.

_____

_____

_____

_____

_____

제3과 물건 사기

학습 목표
슈퍼마켓에서 물건을 살 때 필요한 표현을 배워 이야기할 수 있다.

주제	물건 사기
기능	가게에서 물건 사기
	물건의 가격 묻기
연습	말하기 : 가게에서 물건 사기
	읽기 : 쇼핑에 대한 글 읽기
	쓰기 : 그림을 보고 쇼핑에 대한 글 쓰기
어휘	물건, 수
문법	-(으)세요, -하고, -와/과, 수량 명사

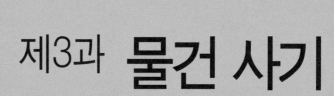

제3과 물건 사기

1 그림을 보고 이야기한 후에 쓰세요.

 ❶ 과자

 ❷ _____

 ❸ _____

 ❹ _____

 ❺ _____

 ❻ _____

2 이야기한 후에 쓰세요.

❶   일   –   이   –   _____   –   사   –   오

❷   육   –   _____   –   팔   –   _____   –   십

❸   하나   –   _____   –   _____   –   넷   –   다섯

❹   _____   –   일곱   –   _____   –   아홉   –   열

48

3 이야기한 후에 쓰세요.

1	❶		100	1,000	10,000	100,000
일	십	❷		천	❸	❹

270	359	555	❼	❽
❺	❻	오백오십오	팔천육십일	사만 천백

4 가격을 이야기한 후에 수를 쓰세요.

❶
삼천이백 원

3,200원

❷
팔백오십 원

_____

❸
육백삼십 원

_____

❹
사백이십 원

_____

❺
천구백 원

_____

❻
칠백 원

_____

문법

✏️ -(으)세요

1 〈보기〉와 같이 이야기한 후에 쓰세요.

> 보기
>
> 빵 ➡ __빵 주세요.__

❶ 우유 ➡ _____ ❷ 과자 ➡ _____

❸ 라면 ➡ _____ ❹ 주스 ➡ _____

❺ 휴지 ➡ _____ ❻ 칫솔 ➡ _____

2 그림을 보고 〈보기〉와 같이 이야기한 후에 쓰세요.

> 보기
>
>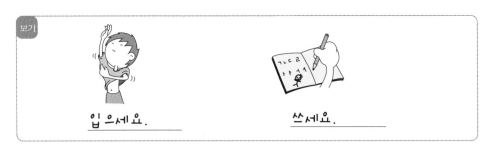
>
> 입 으세요. _____ 쓰세요. _____

 ❶

 ❷

 ❸

_____ _____ _____

 ❹

 ❺

 ❻

_____ _____ _____

✏️ –하고, –와/과

1 그림을 보고 〈보기〉와 같이 이야기한 후에 쓰세요.

보기
➡ 라면하고 주스가 있어요.
➡ 라면과 주스가 있어요.

❶
➡ 과자_____ 사탕이 있어요.
➡ 과자_____ 사탕이 있어요.

❷
➡ 물_____ 커피가 있어요.
➡ 물_____ 커피가 있어요.

❸
➡ _____ 계란 주세요.
➡ _____ 계란 주세요.

❹
➡ _____ 지우개 주세요.
➡ _____ 지우개 주세요.

✏️ 수량 명사

1 그림을 보고 알맞은 말을 연결하세요.

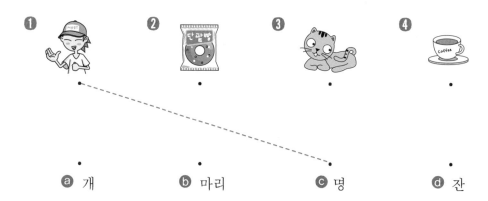

ⓐ 개　　ⓑ 마리　　ⓒ 명　　ⓓ 잔

2 그림을 보고 〈보기〉와 같이 이야기한 후에 쓰세요.

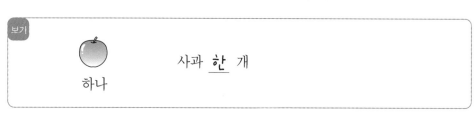

> **보기**
>
> 하나　　　사과 <u>한</u> 개

❶ 둘　　　사과 ＿＿＿＿＿ 개

❷ 셋　　　사과 ＿＿＿＿＿ 개

❸ 넷　　　사과 ＿＿＿＿＿ 개

❹ 다섯　　사과 ＿＿＿＿＿ 개

3 그림을 보고 〈보기〉와 같이 이야기한 후에 쓰세요.

가 : 뭘 드릴까요?

나 : <u>커피 네 잔 주세요.</u>

①

가 : 뭘 드릴까요?

나 : _____

②

가 : 뭘 드릴까요?

나 : _____

③

가 : 뭘 드릴까요?

나 : _____

④

가 : 뭘 드릴까요?

나 : _____

⑤

가 : 무엇이 있어요?

나 : 고양이가 _____

⑥

가 : 누가 있어요?

나 : 학생이 _____

말하기 연습

1 그림을 보고 이야기한 후에 쓰세요.

1)

가 : 어서 오세요.

나 : _____ 있어요?

가 : 네, 있어요.

나 : 우유 한 개 주세요.

2)

가 : 뭘 드릴까요?

나 : 빵 _____

가 : 여기 있어요.

3)

가 : _____

나 : 천 원이에요.

4)

가 : 뭘 드릴까요?

나 : _____ 주스 한 병 주세요.

가 : 여기 있어요.

나 : 얼마예요?

가 : _____

다음은 수미 씨의 쇼핑에 대한 글입니다. 다음을 잘 읽고 내용이 맞으면
○, 틀리면 ×에 표시하세요.

> 나는 오늘 가게에 가요.
>
> 빵하고 우유를 사요. 빵은 구백 원이에요.
>
> 우유는 오백 원이에요. 나는 빵을 두 개 사요.
>
> 우유를 한 개 사요. 모두 이천삼백 원이에요.

1) 빵을 두 개 사요.   ○   ×

2) 우유는 500원이에요.   ○   ×

3) 모두 2,400원이에요.   ○   ×

1 다음은 린다 씨가 오늘 한 일입니다. 그림을 보고 린다 씨의 쇼핑에 대한
글을 쓰세요.

1,500원   2,000원

1) 다음 질문에 대답하세요.

(1) 린다 씨는 어디에 가요?

_____

(2) 거기에서 무엇을 사요?

_____

(3) 모두 얼마예요?

_____

2) 메모를 보고 린다 씨의 쇼핑 이야기를 쓰세요.

제4과 일상생활 Ⅱ

학습 목표
지난 일과 하루 일과에 대해 이야기할 수 있다.

주제	일상생활
기능	지난 일과 하루 일과에 대해 이야기하기
연습	말하기 : 시간 묻고 답하기
	지난 일에 대해 묻고 답하기
	읽기 　: 하루 일과를 설명하는 글 읽기
	쓰기 　: 어제 한 일을 설명하는 글 쓰기
어휘	시간(시/분), 하루 일과
문법	-았/었/였어요, 안, -에, -에서

제4과 **일상생활 Ⅱ**

어휘와 표현

1 〈보기〉와 같이 이야기한 후에 쓰세요.

보기
2:00 두 시예요.

❶ 1:00 _____

❷ 8:15 _____

❸ 5:05 _____

❹ 3:30 _____

❺ 7:40 _____

❻ 11:55 _____

2 이야기한 후에 쓰세요.

❶ 세 시 _____ – _____ – 다섯 시 – _____

❷ _____ – _____ – 열한 시 – _____

❸ 오전 – _____

❹ 아침 – _____ – 저녁

❺ _____ – 오늘 – _____ – 모레

3 그림을 보고 이야기한 후에 쓰세요.

> 보기
>
> ⓐ 샤워하다　　　ⓑ 운동하다　　　ⓒ 일어나다
>
> ⓓ 일하다　　　　ⓔ 출근하다　　　ⓕ 퇴근하다

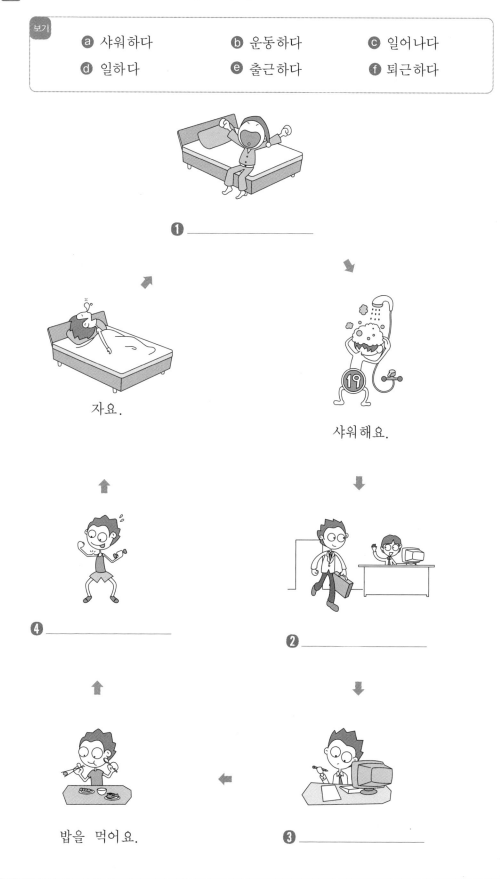

❶ _____

자요.

샤워해요.

❹ _____

❷ _____

밥을 먹어요.

❸ _____

–았/었/였어요

1 〈보기〉와 같이 이야기한 후에 쓰세요.

> **보기**
>
> 의자에 앉다 ➡ <u>의자에 앉았어요.</u>
>
> 책을 읽다 ➡ <u>책을 읽었어요.</u>
>
> 전화를 하다 ➡ <u>전화를 했어요.</u>

❶ 밥을 먹다   ➡ _____

❷ 옷을 입다   ➡ _____

❸ 한국에 살다   ➡ _____

❹ 편지를 받다   ➡ _____

❺ 일하다   ➡ _____

❻ 수업이 시작되다 ➡ _____

❼ 수업이 끝나다 ➡ _____

❽ 일기를 쓰다   ➡ _____

❾ 커피를 마시다 ➡ _____

❿ 음악을 듣다   ➡ _____

2 알맞은 말을 고르세요.

❶ 어제 편지를 써요. / (썼어요.)

❷ 내일 도서관에 가요. / 갔어요.

❸ 조금 전에 커피를 마셔요. / 마셨어요.

❹ 모레 한국 친구를 만나요. / 만났어요.

❺ 그저께 친구하고 영화를 봐요. / 봤어요.

❻ 저는 지금 서울에 살아요. / 살았어요.

3 이야기한 후에 쓰세요.

❶ 가 : 오늘 몇 시에 학교에 갔어요?

   나 : 8시 30분에 _____

❷ 가 : 주말에 뭐 했어요?

   나 : 청소를 했어요. 그리고 한국어를 _____

❸ 가 : 어제 뭐 했어요?

   나 : 친구를 _____

❹ 가 : 어제 은행에 _____

   나 : 아니요, 오늘 가요.

✏️ 안

1 〈보기〉와 같이 이야기한 후에 쓰세요.

> 보기
>
> 가 : 신문을 봐요?
>
> 나 : 아니요, __신문을 안 봐요__. 텔레비전을 봐요.

❶ 가 : 밥을 먹어요?

　　나 : 아니요, _____ 커피를 마셔요.

❷ 가 : 음악을 들어요?

　　나 : 아니요, _____ 책을 읽어요.

❸ 가 : 공부해요?

　　나 : 아니요, _____ 운동해요.

❹ 가 : 부모님에게 전화했어요?

　　나 : 아니요, _____ 이메일을 보냈어요.

❺ 가 : 어제 영화 봤어요?

　　나 : 아니요, _____ 한국어를 공부했어요.

❻ 가 : 어제 저녁에 친구를 만났어요?

　　나 : 아니요, _____ 회사에서 일했어요.

2 이야기한 후에 쓰세요.

❶ 가 : 내일 학교에 가요?

　나 : 아니요, _____

❷ 가 : 주스를 마셔요?

　나 : 아니요, _____

❸ 가 : 수미 씨 있어요?

　나 : 아니요, _____

❹ 가 : 이 사람을 알아요?

　나 : 아니요, _____

❺ 가 : 어제 친구를 만났어요?

　나 : 네, _____ 그리고 같이 영화를 _____

❻ 가 : 어제 왜 전화 _____

　나 : 미안해요. 너무 바빴어요. 그래서 _____

−에

1 〈보기〉와 같이 이야기한 후에 쓰세요.

1시 ➡ __한 시에__ 텔레비전을 봐요.

❶ 3시   ➡ _____ 전화하세요.

❷ 8시   ➡ _____ 노래방에 갔어요.

❸ 5시   ➡ _____ 수업이 끝나요.

❹ 오전   ➡ _____ 공부했어요.

❺ 일요일   ➡ _____ 산에 가요.

❻ 아침   ➡ _____ 운동해요.

❼ 오늘   ➡ _____ 친구를 만나요.

❽ 어제 저녁   ➡ _____ 부모님에게 편지를 썼어요.

2 〈보기〉와 같이 이야기한 후에 쓰세요.

> 보기
>
> 언제, 학교에 가다 / 오전 아홉 시
>
> 가 : <u>언제 학교에 가요?</u>
>
> 나 : <u>오전 아홉 시에 가요</u>

❶ 몇 시, 일어나다 / 아침 일곱 시

가 : _____

나 : _____

❷ 언제, 신문을 읽다 / 어제 저녁

가 : _____

나 : _____

❸ 언제, 점심을 먹다 / 오후 한 시

가 : _____

나 : _____

❹ 몇 시, 친구를 만나다 / 어제 저녁 일곱 시

가 : _____

나 : _____

❺ 몇 시, 회사에 출근하다 / 오전 여섯 시 반

가 : _____

나 : _____

–에서

1 <보기>와 같이 이야기한 후에 쓰세요.

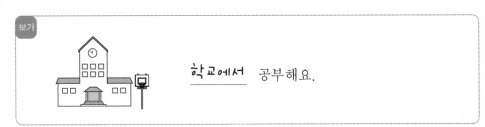

보기

<u>학교에서</u> 공부해요.

❶

_____ 밥을 먹어요.

❷

_____ 영화를 봐요.

❸

_____ 편지를 보내요.

❹

_____ 커피를 마셔요.

❺

_____ 우유를 사요.

❻

_____ 친구를 만나요.

2 〈보기〉와 같이 이야기한 후에 쓰세요.

> 보기
>
> 집, 텔레비전, 보다 ➡ 집에서 텔레비전을 봐요.

❶ 도서관, 한국어, 공부하다 ➡ _____

❷ 시장, 사과, 사다 ➡ _____

❸ 공원, 운동, 하다 ➡ _____

❹ PC방, 이메일, 보내다 ➡ _____

❺ 나, 도서관, 가다 ➡ _____

❻ 공원, 친구, 만나다 ➡ _____

3 이야기한 후에 쓰세요.

❶ 가 : 뭐 해요?

　나 : 식당_____

❷ 가 : 집_____ 공부해요?

　나 : 아니요, 학교_____

❸ 가 : 오늘 뭐 했어요?

　나 : _____ 일을 했어요.

❹ 가 : 오늘 뭐 했어요?

　나 : _____ 영화를 봤어요.

말하기 연습

1 그림을 보고 이야기한 후에 쓰세요.

1) 가 : 어제 학교에 갔어요?

　　나 : 아니요, 학교에 ＿＿＿＿＿＿＿＿＿＿＿

　　　　＿＿＿＿＿＿＿＿＿＿＿＿＿＿＿＿

2) 가 : 지금 ＿＿＿＿＿＿＿＿＿＿＿＿＿＿

　　나 : 한 시 반이에요.

3) 가 : 몇 시에 수업이 시작돼요?

　　나 : ＿＿＿＿＿＿＿＿＿＿＿ 시작돼요.

4) 가 : 토요일에 뭐 했어요?

　　나 : 친구를 ＿＿＿＿＿＿＿＿＿＿＿＿

　　가 : 같이 뭐 했어요?

　　나 : ＿＿＿＿＿＿＿＿＿＿＿＿＿＿＿

5) 가 : 오늘 몇 시에 일어났어요?

　　나 : 여덟 시＿＿＿＿＿＿＿＿＿＿＿＿

　　가 : 오전에 뭐 했어요?

　　나 : 친구에게 ＿＿＿＿＿＿＿＿＿＿

　　가 : 저녁에는 뭐 했어요?

　　나 : ＿＿＿＿＿＿＿＿＿＿＿＿＿＿＿

읽기 연습

1 다음은 사토 씨의 일기입니다. 다음을 잘 읽고 내용이 맞으면 ○, 틀리면 ×에 표시하세요.

> 오늘은 일요일이에요. 나는 오늘 아홉 시에 일어났어요.
>
> 오전에 공원에 갔어요. 공원에서 운동을 했어요.
>
> 오후에는 도서관에서 한국어를 공부했어요.
>
> 그리고 다섯 시에 한국 친구하고 같이 커피숍에 갔어요.
>
> 커피를 마셨어요. 여덟 시에 집에 왔어요.

1) 나는 오늘 9시에 일어났어요.　　○　×

2) 나는 학교에서 운동을 했어요.　　○　×

3) 한국 친구하고 같이 공부를 했어요.　　○　×

1 여러분은 어제 어디에 갔어요? 거기에서 뭐 했어요? 여러분의 일기를
쓰세요.

	어디에서	무엇을
아침		
점심		
저녁		

1) 다음 질문에 대답하세요.

　(1) 아침에 어디에 갔어요? 거기에서 뭐 했어요?

　_____

　(2) 점심에 어디에 갔어요? 거기에서 뭐 했어요?

　_____

　(3) 저녁에 어디에 갔어요? 거기에서 뭐 했어요?

　_____

2) 메모를 보고 일기를 쓰세요.

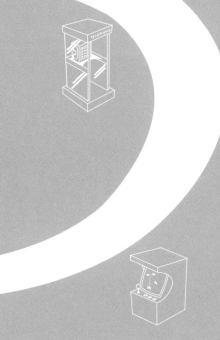

제5과 위치

학습 목표
장소와 물건의 위치에 대해 묻고 대답할 수 있다.

주제	위치
기능	장소나 물건의 위치에 대해 이야기하기
	방향 묻기
	방향 가르쳐 주기
연습	말하기 : 장소나 물건의 위치에 대해 묻고 답하기
	읽기 : 방 안의 물건 위치를 설명하는 글 읽기
	쓰기 : 그림을 보고 물건의 위치를 설명하는 글 쓰기
어휘	장소, 위치
문법	-이/가, -에 있다/없다, -(으)로 가다

제5과 **위치**

1 그림을 보고 알맞은 말을 연결하세요.

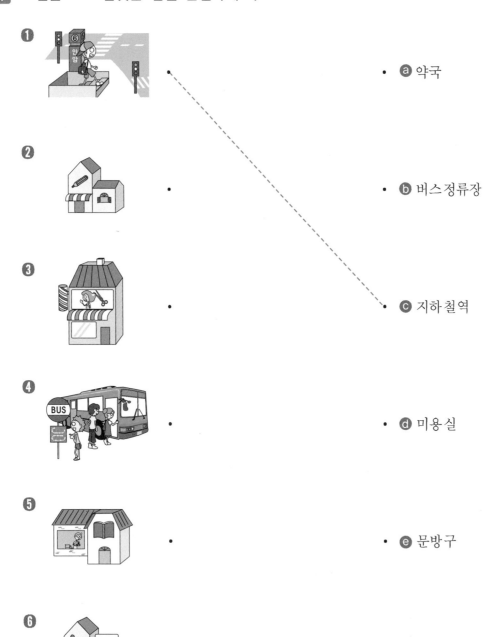

❶   •   • ⓐ 약국

❷   •   • ⓑ 버스정류장

❸   •   • ⓒ 지하철역

❹   •   • ⓓ 미용실

❺   •   • ⓔ 문방구

❻   •   • ⓕ 서점

2 그림을 보고 알맞은 말을 연결하세요.

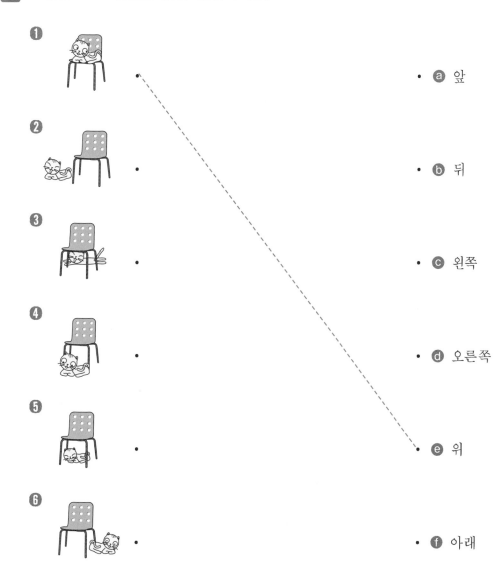

❶ · ⓐ 앞

❷ · ⓑ 뒤

❸ · ⓒ 왼쪽

❹ · ⓓ 오른쪽

❺ · ⓔ 위

❻ · ⓕ 아래

3 그림을 보고 이야기한 후에 쓰세요.

❶ 가운데 ❷_____ ❸_____ ❹_____

문법

-이/가

1 〈보기〉와 같이 이야기한 후에 쓰세요.

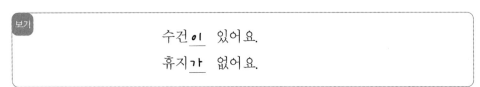

> 보기
>
> 수건**이** 있어요.
>
> 휴지**가** 없어요.

❶ 책____ 있어요.　　　　❷ 친구____ 많아요.

❸ 김치____ 맛있어요.　　❹ 가방____ 없어요.

❺ 마이클____ 자요.　　　❻ 한국어 공부____ 재미있어요.

2 그림을 보고 〈보기〉와 같이 이야기한 후에 쓰세요.

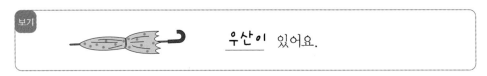

> 보기
>
> <u>우산이</u> 있어요.

❶ _____ 있어요.　　❷ _____ 있어요.

❸ _____ 있어요.　　❹ _____ 있어요.

❺ _____ 있어요.　　❻ _____ 있어요.

✏️ –에 있다 / 없다

1 그림을 보고 이야기한 후 쓰세요.

❶ 가 : 칠판이 교실에 있어요?

　　나 : 네, 칠판이 교실_____

❷ 가 : 의자가 교실에 있어요?

　　나 : 아니요, 의자가 _____

❸ 가 : 컴퓨터가 교실에 있어요?

　　나 : 아니요, 컴퓨터가 _____

❹ 가 : 가방이 어디에 있어요?

　　나 : 가방이 _____

❺ 가 : 우산이 _____

　　나 : 우산이 칠판 밑에 있어요.

❻ 가 : 시계가 _____

　　나 : 시계가 칠판 _____

2 그림을 보고 〈보기〉와 같이 이야기한 후에 쓰세요.

보기

가 : 의자가 <u>어디에 있어요?</u>

나 : <u>책상 앞에 있어요.</u>

❶ 가 : 시계가 _____

　나 : _____

❷ 가 : 전화가 _____

　나 : 탁자 _____

❸ 가 : 달력이 _____

　나 : _____

❹ 가 : _____

　나 : _____

❺ 가 : _____

　나 : _____

✏️ –(으)로 가다

1 그림을 보고 〈보기〉와 같이 이야기한 후에 쓰세요.

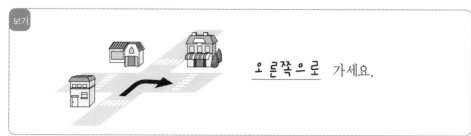

보기

<u>오른쪽으로</u> 가세요.

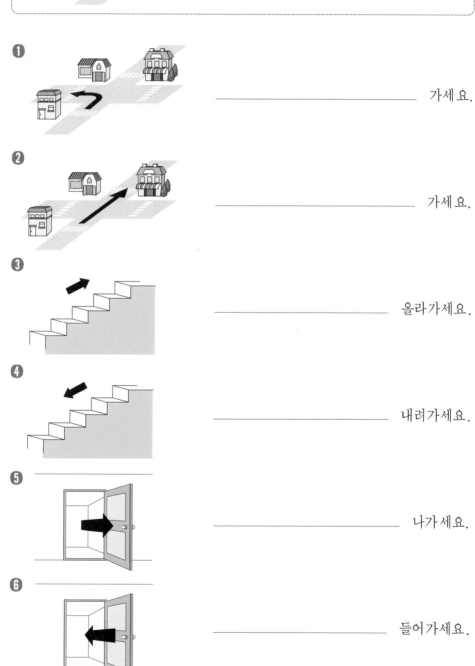

① _____ 가세요.

② _____ 가세요.

③ _____ 올라가세요.

④ _____ 내려가세요.

⑤ _____ 나가세요.

⑥ _____ 들어가세요.

2 그림을 보고 〈보기〉와 같이 이야기한 후에 쓰세요.

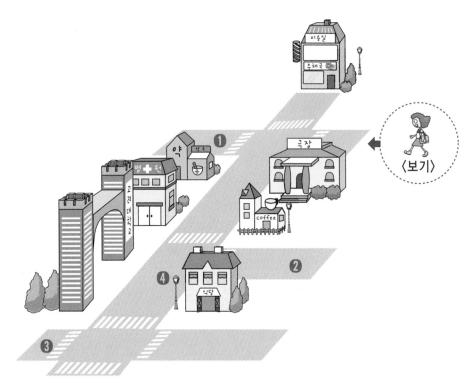

<보기>

보기

가 : 약국이 <u>어디에 있어요?</u>

나 : <u>사거리에서 똑바로 가세요.</u>

❶ 가 : 고려대학교가 _____

　　 나 : _____

❷ 가 : 극장이 _____

　　 나 : _____

❸ 가 : 병원이 _____

　　 나 : _____

❹ 가 : 우체국이 _____

　　 나 : _____

말하기 연습

1 그림을 보고 이야기한 후에 쓰세요.

1) 가 : 책이 가방 안에 있어요?

　　나 : 네, 책이 ＿＿＿＿＿＿＿＿＿＿

2) 가 : 선생님이 교실에 있어요?

　　나 : 아니요, 선생님이 ＿＿＿＿＿＿＿

　　＿＿＿＿＿＿＿＿＿＿＿＿＿＿＿＿＿

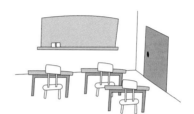

3) 가 : 가게가 어디에 있어요?

　　나 : ＿＿＿＿＿＿＿＿＿＿ 있어요.

4) 가 : 병원이 어디에 있어요?

　　나 : ＿＿＿＿＿＿＿＿＿＿ 가세요.

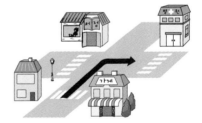

5) 가 : 우체국이 ＿＿＿＿＿＿＿＿＿＿

　　나 : 고려대학교 알아요?

　　가 : 네, 알아요.

　　나 : 우체국은 ＿＿＿＿＿＿＿＿＿

　　가 : 고마워요.

1 다음은 마이클 씨가 자신의 방을 소개한 글입니다. 다음을 잘 읽고 내용이
맞으면 ○, 틀리면 ×에 표시하세요.

내 방에는 책상하고 탁자가 있어요. 침대는 없어요.

책상은 방 왼쪽에 있어요. 책상 앞에는 의자가 있어요.

책상 위에는 책하고 시계가 있어요.

가방은 책상 옆에 있어요.

방 오른쪽에는 탁자가 있어요.

탁자 위에는 텔레비전이 있어요.

1) 방에 책상과 침대가 있어요.   ○ ×

2) 책상 앞에 가방이 있어요.   ○ ×

3) 텔레비전은 탁자 위에 있어요.   ○ ×

쓰기 연습

1 다음은 수미 씨의 방입니다. 그림을 보고 수미 씨의 방을 소개하는 글을 쓰세요.

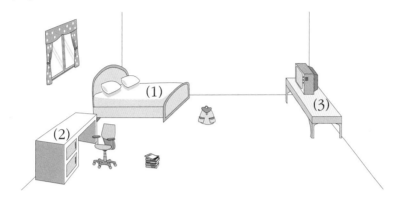

1) 방에 무엇이 있어요?

(1) _____ (2) _____ (3) _____

2) 어디에 있어요? 그림을 보고 쓰세요.

(1)

_____

(2)

_____

(3)

_____

(4)

_____

3) 메모를 보고 방을 소개하는 글을 쓰세요.

_____

_____

_____

종합 연습 I

1 〈보기〉와 같이 종류가 다른 단어를 고르세요.

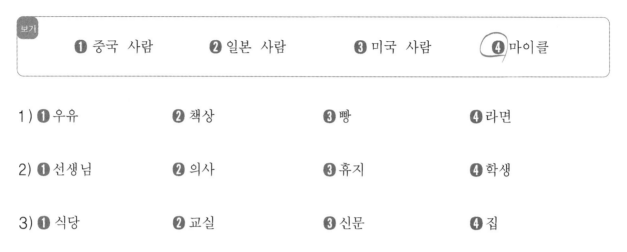

보기

❶ 중국 사람   ❷ 일본 사람   ❸ 미국 사람   ❹ 마이클

1) ❶ 우유   ❷ 책상   ❸ 빵   ❹ 라면

2) ❶ 선생님   ❷ 의사   ❸ 휴지   ❹ 학생

3) ❶ 식당   ❷ 교실   ❸ 신문   ❹ 집

2 〈보기〉와 같이 ⬚ 와 관계있는 동사를 고르세요.

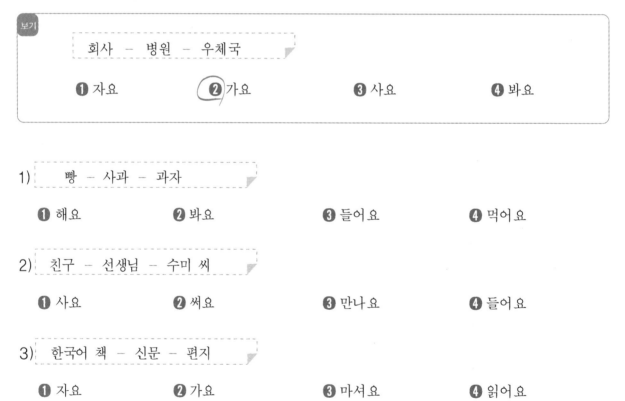

보기

회사 – 병원 – 우체국

❶ 자요   ❷ 가요   ❸ 사요   ❹ 봐요

1) 빵 – 사과 – 과자

❶ 해요   ❷ 봐요   ❸ 들어요   ❹ 먹어요

2) 친구 – 선생님 – 수미 씨

❶ 사요   ❷ 써요   ❸ 만나요   ❹ 들어요

3) 한국어 책 – 신문 – 편지

❶ 자요   ❷ 가요   ❸ 마셔요   ❹ 읽어요

3 다음 밑줄에 알맞은 말을 고르세요.

1) 가 : 어느 _____에서 왔어요?

　나 : 중국에서 왔어요.

　❶ 일본　　　　　❷ 학생　　　　　❸ 나라　　　　　❹ 회사원

2) 가 : 빵하고 우유 _____.

　나 : 여기 있어요.

　❶ 가세요　　　　❷ 주세요　　　　❸ 갔어요　　　　❹ 주었어요

3) 가 : 수미 씨, 지금 _____?

　나 : 한국어를 공부해요.

　❶ 뭐예요　　　　❷ 뭐 해요　　　　❸ 누구예요　　　　❹ 어디 가요

4 다음 밑줄에 알맞은 말을 고르세요.

1) 가 : 어제 텔레비전_____ 봤어요.

　나 : 재미있었어요?

　가 : 네, 재미있었어요.

　❶ 을　　　　　　❷ 에　　　　　　❸ 하고　　　　　❹ 에서

2) 가 : 어제 뭐 했어요?

　나 : 커피숍_____ 친구를 만났어요.

　❶ 에　　　　　　❷ 는　　　　　　❸ 으로　　　　　❹ 에서

3) 가 : 우체국이 어디에 있어요?

　나 : 저 약국 앞에서 오른쪽_____ 가세요.

　❶ 을　　　　　　❷ 는　　　　　　❸ 으로　　　　　❹ 하고

5 다음 [ ] 의 단어를 알맞은 형태로 바꾸어 밑줄에 쓰세요.

1) 대학생

가 : 수미 씨는 _____

나 : 네, 한국대학교에 다녀요.

2) 보다

가 : 오늘 영화를 봐요?

나 : 아니요, 영화를 _____ 운동해요.

3) 만나다

가 : 어제 친구를 _____

나 : 아니요, 집에 있었어요.

6 〈보기〉와 같이 [ ] 의 표현을 이용해서 문장을 만드세요.

보기

나, 선생님

<u>나는 선생님이에요.</u>

1)

학교, 한국어, 공부하다

_____

2)

사과, 3, 사다

_____

3)

책, 책상 위, 없다

_____

7 밑줄에 알맞은 표현을 고르세요.

1) 가 : _____?

　　나 : 전부 5,800원이에요.

　　❶ 누구예요　　　　　❷ 얼마예요　　　　　❸ 어디예요　　　　　❹ 언제예요

2) 가 : 어디에서 왔어요?

　　나 : _____.

　　❶ 안녕하세요　　　　❷ 호주에서 왔어요　　❸ 선생님이에요　　❹ 한국자동차에 다녀요

3) 가 : 우체국이 어디에 있어요?

　　나 : _____.

　　❶ 똑바로 가세요　　　❷ 여기 앉으세요　　　❸ 길을 건너갔어요　　❹ 책상 위에 있어요

8 그림을 보고 밑줄에 알맞은 표현을 쓰세요.

1)

　　가 : 안녕하세요. 저는 김수미입니다.

　　나 : 안녕하세요. 저는 _____

　　가 : 어느 나라에서 왔어요?

　　나 : 중국_____

　　가 : 학생이에요?

　　나 : _____

　　가 : 만나서 반갑습니다.

2)

　　가 : 어제 뭐 했어요?

　　나 : _____

　　가 : 재미있었어요?

　　나 : _____

9 다음 문장의 순서를 바꿔 자연스러운 대화를 만드세요.

1) 가 : 한 개 500원이에요.

　　나 : 여기 있어요. 모두 2,000원이에요.

　　다 : 이 사과 얼마예요?

　　라 : 어서 오세요. 뭘 드릴까요?

　　마 : 그러면 사과 네 개 주세요.

　　　　라 － (　　) － 가 － (　　) － (　　)

2) 가 : 고맙습니다.

　　나 : 고려병원은 고려대학교 왼쪽에 있어요.

　　다 : 실례합니다. 고려병원이 어디에 있어요?

　　라 : 네, 알아요.

　　마 : 고려대학교 알아요?

　　　　다 － (　　) － (　　) － (　　) － 가

10 다음을 읽고 질문에 답하세요.

> 저는 린다 테일러예요. 미국에서 왔어요 지금 고려대학교에서
> 한국어를 공부해요. 우리 교실에는 외국 사람이 많아요
> 중국 사람이 네 ___@___, 일본 사람이 두 ___@___ 있어요. 그리고
> 체코 사람이 한 ___@___ 있어요

1) 린다 씨의 직업이 뭐예요?

　　_____

2) @에 알맞은 말을 고르세요.

　❶ 개　　　　　　❷ 병　　　　　　❸ 명　　　　　　❹ 마리

11 다음을 읽고 질문에 답하세요.

나는 오늘 아침 일곱 시에 일어났어요. 샤워하고 밥을 먹었어요. 그리고 학교에 갔어요. 한 시에 학교 앞에서 친구를 만났어요. 같이 밥을 먹고 영화를 봤어요. 그리고 저녁 일곱 시에는 도서관에 갔어요. 다음 주에 한국어 시험이 있어요. 한국어 공부는 어려워요. 그렇지만 재미있어요.

1) 위 글의 제목으로 알맞은 것을 고르세요.

❶ 나의 하루   ❷ 한국어 시험   ❸ 한국 영화   ❹ 고려대학교 소개

2) 위 글의 내용과 같은 것을 고르세요.

❶ 한국어 시험이 어려워요.

❷ 나는 매일 8시에 일어나요.

❸ 친구하고 같이 차를 마셨어요.

❹ 저녁에 도서관에서 공부했어요.

제6과 음식

학습 목표
음식에 대해 이야기하고 식당에서 음식을 주문할 수 있다.

주제	음식
기능	좋아하는 음식에 대해 이야기하기
	음식 주문하기
	제안하기
연습	말하기 : 먹고 싶은 음식 이야기하고 음식 주문하기
	읽기 : 메뉴판 내용 파악하기
	쓰기 : 좋아하는 한국 음식에 대한 글 쓰기
어휘	음식, 맛
문법	-(으)ㄹ래요, -아/어/여요, -(으)러 가다

제6과 음식

1 그림을 보고 이야기한 후에 쓰세요.

① 된장찌개   ② _____   ③ _____

④ _____   ⑤ _____   ⑥ _____

2 맛이 어때요? 그림을 보고 알맞은 말을 연결하세요.

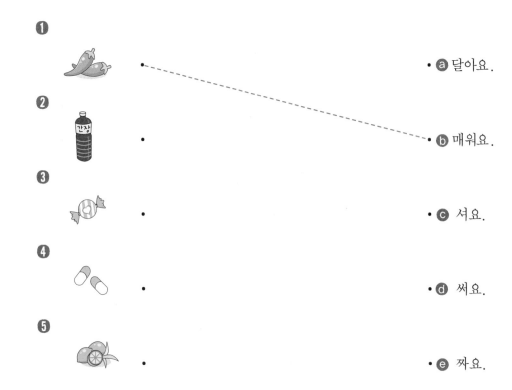

①   • ⓐ 달아요.

②   • ⓑ 매워요.

③   • ⓒ 셔요.

④   • ⓓ 써요.

⑤   • ⓔ 짜요.

–(으)ㄹ래요

1 〈보기〉와 같이 이야기한 후에 쓰세요.

> 보기
>
> 신문을 읽다 ➡ 신문을 읽을래요.
>
> 학교에 가다 ➡ 학교에 갈래요.
>
> 김밥을 만들다 ➡ 김밥을 만들래요.

❶ 불고기를 먹다 ➡ _____

❷ 주스를 마시다 ➡ _____

❸ 영화를 보다 ➡ _____

❹ 운동을 하다 ➡ _____

❺ 친구를 만나다 ➡ _____

❻ 친구와 놀다 ➡ _____

❼ 의자에 앉다 ➡ _____

❽ 음악을 듣다 ➡ _____

❾ 한국에서 살다 ➡ _____

❿ 돈을 찾다 ➡ _____

2 이야기한 후에 쓰세요.

❶ 가 : 케빈 씨, 저녁에 뭐 먹을래요?

　　나 : 김치찌개를 _____

❷ 가 : 주스를 _____ 커피를 _____

　　나 : 저는 주스 주세요.

❸ 가 : 무슨 음식을 만들래요?

　　나 : 비빔밥을 _____

❹ 가 : 토요일에 같이 영화 _____

　　나 : 네, 좋아요.

❺ 가 : 주말에 북한산에 _____

　　나 : 네, 좋아요. 같이 가요.

❻ 가 : 린다 씨, 여기에 _____

　　나 : 네, 우리 여기에 앉아요.

❼ 가 : 지금 음악을 _____

　　나 : 네, 좋아요. 한국 음악을 들어요.

❽ 가 : 지금 무엇을 _____

　　나 : 저는 한국어 책을 _____

✏️ –아/어/여요

1 〈보기〉와 같이 이야기한 후에 쓰세요.

> **보기**
>
> 한국에서 살다 ➡ <u>같이 한국에서 살아요.</u>
>
> 밥을 먹다 ➡ <u>같이 밥을 먹어요.</u>
>
> 운동을 하다 ➡ <u>같이 운동을 해요.</u>

❶ 도서관에 가다 ➡ _____

❷ 책을 읽다 ➡ _____

❸ 노래를 하다 ➡ _____

❹ 이쪽에 앉다 ➡ _____

2 이야기한 후에 쓰세요.

❶ 가 : 우리 커피를 마실래요?

나 : 네, _____

❷ 가 : 같이 저녁을 먹을래요?

나 : 네, 좋아요. 불고기를 _____

❸ 가 : 내일 영화를 볼래요?

나 : 네, _____

❹ 가 : 같이 운동을 할래요?

나 : 운동은 싫어요. 한국어를 _____

✏️ –(으)러 가다

1 〈보기〉와 같이 이야기한 후에 쓰세요.

> **보기**
>
> | 책을 읽다 | ➡ | <u>책을 읽으러 가요.</u> |
> |---|---|---|
> | 영화를 보다 | ➡ | <u>영화를 보러 가요.</u> |
> | 한국 음식을 만들다 | ➡ | <u>한국 음식을 만들러 가요.</u> |

❶ 밥을 먹다 ➡ _____

❷ 돈을 찾다 ➡ _____

❸ 친구하고 놀다 ➡ _____

❹ 가방을 사다 ➡ _____

❺ 음악을 듣다 ➡ _____

❻ 한국어를 공부하다 ➡ _____

❼ 선생님에게 이야기하다 ➡ _____

❽ 친구를 만나다 ➡ _____

❾ 커피를 마시다 ➡ _____

❿ 선물을 받다 ➡ _____

2 이야기한 후에 쓰세요.

❶ 가 : 어디 가요?

　　나 : 밥을 _____

❷ 가 : 어디 가요?

　　나 : 도서관에 책을 _____

❸ 가 : 뭐 하러 가요?

　　나 : 친구를 _____

❹ 가 : 지금 놀러 가요?

　　나 : 아니요, 학교에 _____

❺ 가 : 어제 집에 있었어요?

　　나 : 아니요, 백화점에 구두를 _____

❻ 가 : 지금 뭐 하러 가요?

　　나 : 극장에 _____

❼ 가 : 지금 _____

　　나 : 회사에 _____

❽ 가 : 어디에 가요?

　　나 : _____ 우체국에 가요.

말하기 연습

1 그림을 보고 이야기한 후에 쓰세요.

1) 여 : 뭐 먹을래요?

남 : 저는 _____

2) 남 : 김치찌개는 맛이 어때요?

여 : 조금 _____ 그렇지만 맛있어요.

3) 남 : 마리아 씨, 우리 불고기 _____

여 : 불고기는 어제 먹었어요.

_____

남 : 네, 좋아요. 비빔밥을 먹으러 가요.

4) 여 : 뭘 드시겠습니까?

남1 : 잠깐만요.

영진 씨, _____

남2 : 저는 설렁탕을 먹을래요.

민수 씨는 _____

남1 : 저는 _____

여기 _____ 주세요.

여 : 네, 알겠습니다.

읽기 연습

1 다음은 메뉴판입니다. 다음을 잘 읽고 내용이 맞으면 ○, 틀리면 ×에 표시
하세요.

메 뉴

김치찌개 5,000원

삼계탕............. 6,000원

비빔밥............. 4,500원

칼국수............. 4,000원

커피 1,500원

주스 1,500원

맛있는 식당

1) 여기는 한식당이에요.   ○ ×

2) 김치찌개가 제일 비싸요.   ○ ×

3) 음료수는 안 팔아요.   ○ ×

1 여러분은 한국 음식을 좋아해요? 여러분이 좋아하는 한국 음식은 뭐예요?
여러분이 좋아하는 한국 음식을 소개하는 글을 써 보세요.

1) 질문에 대답하세요.

(1) 좋아하는 한국 음식이 뭐예요?

_____

(2) 그 음식은 맛이 어때요?

_____

(3) 보통 어디에서, 누구하고 같이 먹어요?

_____

(4) 왜 그 음식을 좋아해요?

_____

2) 메모를 보고 여러분이 좋아하는 한국 음식을 소개해 보세요.

_____

_____

_____

_____

_____

_____

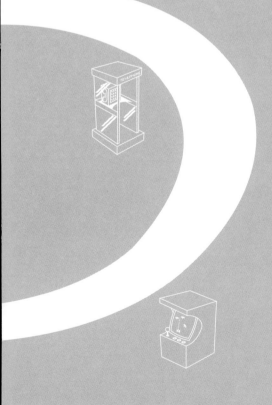

제7과 약속

학습 목표
친구와 약속을 할 수 있다.

주제	약속
기능	약속 정하기
	제안하기
	계획 설명하기
연습	말하기 : 제안하고 약속하기
	읽기 : 만남을 제안하는 이메일 읽기
	쓰기 : 수첩 내용을 보고 일정을 설명하는 글 쓰기
어휘	요일, 날짜
문법	-(으)ㄹ 것이다, -(으)ㄹ까요, -고 싶다

제7과 **약속**

어휘와 표현

1 다음 달력을 보고 이야기한 후에 쓰세요.

2010년 10월

SUN	MON	TUE	WED	THU	FRI	SAT
					1	2
3	4	5	6	7	8	9
10	11	**12** 오늘	13	14	15	16
17	18	19	20	21	22	23

그저께	어제	오늘	내일	모레
❶	❷	시월 십이일	❸	❹

10/10	10/11	10/12	10/13	10/14	10/15
❺	❻	화요일	수요일	❼	❽

106

2 〈보기〉와 같이 이야기한 후에 쓰세요.

> 보기
>
> 4/5 ➡ 가 : 몇 월 며칠이에요?
>
> 나 : <u>사월 오일이에요.</u>

❶ 6/1 ➡ 가 : 몇 월 며칠이에요?

나 : _____

❷ 3/24 ➡ 가 : 몇 월 며칠이에요?

나 : _____

❸ 8/17 ➡ 가 : _____

나 : _____

❹ 5/5 ➡ 가 : _____

나 : _____

❺ 6/16 ➡ 가 : _____

나 : _____

❻ 7/31 ➡ 가 : _____

나 : _____

❼ 1/8 ➡ 가 : _____

나 : _____

❽ 12/24 ➡ 가 : _____

나 : _____

문법

✏️ -(으)ㄹ 것이다

1 〈보기〉와 같이 이야기한 후에 쓰세요.

보기

책을 읽다 ➡ <u>책을 읽을 거예요.</u>

학교에 가다 ➡ <u>학교에 갈 거예요.</u>

한국에서 살다 ➡ <u>한국에서 살 거예요.</u>

❶ 친구를 만나다 ➡ _____

❷ 사진을 찍다 ➡ _____

❸ 친구들과 놀다 ➡ _____

❹ 영화를 보다 ➡ _____

❺ 저녁을 먹다 ➡ _____

❻ 음악을 듣다 ➡ _____

❼ 친구에게 전화를 걸다 ➡ _____

❽ 돈을 찾다 ➡ _____

❾ 산책을 하다 ➡ _____

❿ 여행을 하다 ➡ _____

2 이야기한 후에 쓰세요.

❶ 가 : 이번 주말에 뭐 _____

    나 : 친구를 _____

❷ 가 : 내일 인사동에 _____

    나 : 아니요, 안 _____

❸ 가 : 오늘은 무슨 옷을 _____

    나 : 이 옷을 _____

❹ 가 : 이번 주 토요일에 약속 있어요?

    나 : 네, 있어요. 친구하고 점심을 _____

❺ 가 : 공원에서 뭐 _____

    나 : 사진을 _____

❻ 가 : 내일 시간 있어요?

    나 : 아니요, 없어요. 학교에서 시험공부를 _____

❼ 가 : 언제 여행을 _____

    나 : 다음 주 금요일에 _____

❽ 가 : 내일 오후에 _____

    나 : 공원에 운동을 _____

-(으)ㄹ까요

1 〈보기〉와 같이 이야기한 후에 쓰세요.

> **보기**
>
> 저녁을 먹다 ➡ <u>저녁을 먹을까요?</u>
>
> 영화를 보다 ➡ <u>영화를 볼까요?</u>
>
> 한국 음식을 만들다 ➡ <u>한국 음식을 만들까요?</u>

❶ 여행을 가다 ➡ _____

❷ 우리집에서 놀다 ➡ _____

❸ 주말에 만나다 ➡ _____

❹ 책을 읽다 ➡ _____

❺ 이 음악을 듣다 ➡ _____

❻ 커피를 마시다 ➡ _____

❼ 수미 씨에게 전화를 걸다 ➡ _____

❽ 공원에서 사진을 찍다 ➡ _____

❾ 학교에 공부하러 가다 ➡ _____

❿ 오후에 산책을 하다 ➡ _____

2 이야기한 후에 쓰세요.

❶ 가 : 주말에 박물관에 _____

　나 : 네, 좋아요. 같이 가요.

❷ 가 : 저녁을 같이 _____

　나 : 네, 좋아요. 같이 먹어요.

❸ 가 : 같이 음악을 _____

　나 : 네, 좋아요. 같이 들어요.

❹ 가 : 언제 수미 씨에게 _____

　나 : 오늘 이야기를 해요.

❺ 가 : 오늘 뭘 _____

　나 : 조금 피곤해요. 집에서 쉬어요.

❻ 가 : 주말에 같이 여행을 _____

　나 : 미안해요. 약속이 있어요.

❼ 가 : 지금 영화를 _____

　나 : 영화는 싫어요. 텔레비전을 봐요.

❽ 가 : 지금 뭘 _____

　나 : 커피숍에 커피를 _____

🖉 -고 싶다

1 〈보기〉와 같이 이야기한 후에 쓰세요.

> **보기**
>
> 무엇을 하다 / 영화를 보다
>
> ➡ 가 : <u>무엇을 하고 싶어요?</u>
>
> 나 : <u>영화를 보고 싶어요.</u>

❶ 무엇을 하다 / 음악을 듣다

➡ 가 : _____

  나 : _____

❷ 무엇을 먹다 / 불고기를 먹다

➡ 가 : _____

  나 : _____

❸ 어디에 가다 / 동대문 시장에 가다

➡ 가 : _____

  나 : _____

❹ 누구를 만나다 / 부모님을 만나다

➡ 가 : _____

  나 : _____

❺ 무엇을 하다 / 친구하고 놀다

➡ 가 : _____

  나 : _____

2 이야기한 후에 쓰세요.

❶ 가 : 주말에 뭐 _____

나 : 연극을 보고 싶어요.

❷ 가 : 오늘 뭘 하고 싶어요?

나 : 공원에서 사진을 _____

❸ 가 : 오늘 뭐 하고 싶어요?

나 : 좀 피곤해요. 집에서 _____

❹ 가 : 주말에 등산 갈래요?

나 : 네, 좋아요. 저는 북한산에 _____

❺ 가 : 무슨 음악을 들을까요?

나 : 저는 한국 노래를 _____

❻ 가 : 너무 더워요. 우리 바다에 갈래요?

나 : 나도 바다에 _____

❼ 가 : 고향에서 뭘 하고 싶어요?

나 : 고향 음식을 _____

❽ 가 : 내일 뭘 할까요?

나 : 수미 씨하고 _____ 수미 씨 집에 놀러 가요.

1 그림을 보고 이야기한 후에 쓰세요.

1) 가 : 마이클 씨, 이번 주말에 _____

_____

나 : 네, 시간 있어요.

2) 가 : 오늘이 _____

나 : 2월 3일이에요.

3) 가 : 토요일에 _____

나 : 네, 시간 있어요.

가 : 그러면 같이 _____

나 : 네, 좋아요. 같이 영화 보러 가요.

4) 가 : 주말에 같이 운동을 할까요?

나 : 네, 좋아요. 몇 시에 _____

가 : 오후 2시는 어때요?

나 : 네, 좋아요. _____

가 : _____ 만나요.

나 : 네, 그럼 오후 두 시에 학교 앞에서 만나요.

1 다음은 마이클 씨가 수미 씨에게 보낸 이메일입니다. 다음을 잘 읽고 내용이 맞으면 ○, 틀리면 ×에 표시하세요.

수미 씨에게

안녕하세요, 수미 씨. 마이클이에요.

다음 주 토요일에 시간이 있어요?

친구들하고 북한산에 갈 거예요.

수미 씨도 같이 갈래요?

토요일 아침 일곱 시에 학교 앞에서 만날 거예요.

같이 가고 싶으면 이메일을 보내 주세요.

그럼 메일 기다릴게요. 안녕히 계세요.

마이클

1) 마이클 씨는 다음 주 토요일에 등산을 할 거예요.　　　　○　×

2) 수미 씨는 다음 주 토요일에 바빠요.　　　　○　×

3) 마이클 씨하고 친구들은 학교 앞에서 만날 거예요.　　　　○　×

쓰기 연습

1 다음은 린다 씨의 수첩입니다. 수첩을 보고 여러분이 린다 씨가 되어 이번 주를 설명하는 글을 써 보세요.

일요일	월요일	화요일	수요일	목요일	금요일	토요일
8	9	10	11	12	13	14
	오늘	도서관 한국어 공부		1시 수미, 점심	쇼핑 (명동, 동대문)	빨래 청소

1) 질문에 대답하세요.

(1) 화요일에 뭐 할 거예요?

_____

(2) 목요일에 뭐 할 거예요?

_____

(3) 금요일에 뭐 할 거예요?

_____

(4) 토요일에 뭐 할 거예요?

_____

2) 메모를 보고 이번 주를 설명하는 글을 쓰세요.

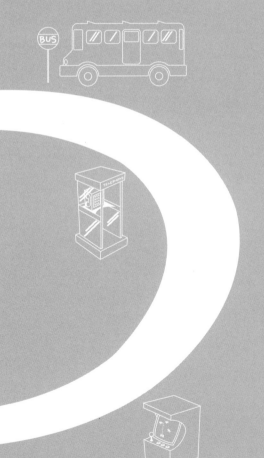

제8과 날씨

학습 목표
계절과 날씨에 대해 이야기할 수 있다.

주제	날씨
기능	계절 묘사하기
	날씨 묘사하기
	이유 설명하기
연습	말하기 : 날씨와 계절에 대해 묻고 답하기
	읽기 : 일기예보의 내용 파악하기
	쓰기 : 날씨와 관계있는 일과에 대한 글 쓰기
어휘	계절, 날씨, 날씨 관련 표현
문법	-고, -아/어/여서, -지요, ㅂ 불규칙

제8과 날씨

1 그림을 보고 알맞은 말을 연결하세요.

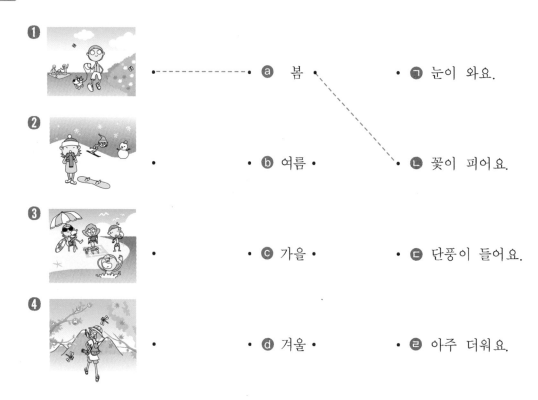

❶   ⓐ 봄 •   • ㉠ 눈이 와요.

❷   ⓑ 여름 •   • ㉡ 꽃이 피어요.

❸   ⓒ 가을 •   • ㉢ 단풍이 들어요.

❹   ⓓ 겨울 •   • ㉣ 아주 더워요.

2 그림을 보고 〈보기〉의 표현을 골라 이야기한 후에 쓰세요.

> **보기**
> ⓐ 덥다   ⓑ 춥다   ⓒ 맑다
> ⓓ 흐리다   ⓔ 비가 오다   ⓕ 바람이 불다

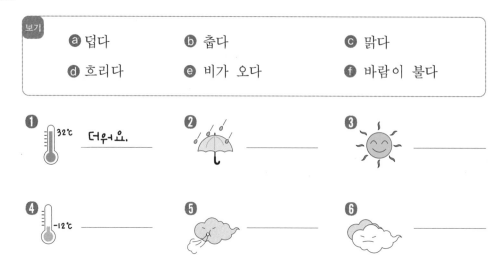

❶ 32℃ 더워요.   ❷ _____   ❸ _____

❹ -12℃ _____   ❺ _____   ❻ _____

✏️ –고

1 〈보기〉와 같이 이야기한 후에 쓰세요.

> 보기
> 비가 와요, 바람이 불어요 ➡ 비가 오고 바람이 불어요.

❶ 날씨가 더워요, 비가 와요 ➡ _____

❷ 날씨가 추워요, 바람이 불어요 ➡ _____

❸ 날씨가 따뜻해요, 꽃이 피어요 ➡ _____

❹ 눈이 많이 왔어요, 추웠어요 ➡ _____

❺ 흐렸어요, 바람이 불었어요 ➡ _____

❻ 시원했어요, 날씨가 맑았어요 ➡ _____

❼ 봄은 따뜻해요, 가을은 시원해요 ➡ _____

❽ 도쿄는 추워요, 시드니는 더워요 ➡ _____

❾ 서울은 날씨가 맑아요, 제주도는 날씨가 흐려요 ➡ _____

_____

❿ 베이징은 바람이 불어요, 서울은 눈이 와요 ➡ _____

_____

2 괄호의 표현을 이용해서 이야기한 후에 쓰세요.

❶ 가 : 오늘 날씨가 어때요? (눈이 오다, 바람이 불다)

　　나 : _____

❷ 가 : 오늘 날씨가 어때요? (서울은 눈이 오다, 부산은 흐리다)

　　나 : _____

❸ 가 : 봄에는 날씨가 어때요? (날씨가 맑다, 따뜻하다)

　　나 : _____

❹ 가 : 어제 날씨가 어땠어요? (춥다, 눈이 오다)

　　나 : _____

❺ 가 : 어제 날씨가 어땠어요? (제주도는 비가 오다, 서울은 날씨가 맑다)

　　나 : _____

❻ 가 : 가을에는 사람들이 뭘 해요? (소풍을 가다, 등산을 하다)

　　나 : _____

❼ 가 : 오늘 뭐 할 거예요? (공원에서 산책하다, 책을 읽다)

　　나 : _____

❽ 가 : 지난 주말에 뭘 했어요? (운동을 하다, 쉬다)

　　나 : _____

🖉 -아/어/여서

1 〈보기〉와 같이 이야기한 후에 쓰세요.

> **보기**
>
> 날씨가 좋다   ➡ 가 : 왜 공원에 가요?
>
>   나 : <u>날씨가 좋아서</u> 공원에 가요.
>
> 꽃이 피다   ➡ 가 : 왜 공원에 가요?
>
>   나 : <u>꽃이 피어서</u> 공원에 가요.
>
> 산책을 좋아하다 ➡ 가 : 왜 공원에 가요?
>
>   나 : <u>산책을 좋아해서</u> 공원에 가요.

❶ 날씨가 맑다   ➡ 가 : 왜 기분이 좋아요?

                      나 : _____ 기분이 좋아요.

❷ 방학이 있다   ➡ 가 : 왜 겨울을 좋아해요?

                      나 : _____ 겨울을 좋아해요.

❸ 따뜻하다   ➡ 가 : 왜 봄을 좋아해요?

                      나 : _____ 봄을 좋아해요.

❹ 눈이 많이 오다 ➡ 가 : 어제 왜 학교에 안 왔어요?

                      나 : _____ 안 왔어요.

❺ 날씨가 너무 춥다 ➡ 가 : 어제 왜 집에 있었어요?

                      나 : _____ 집에 있었어요.

❻ 머리가 아프다   ➡ 가 : 어제 왜 병원에 갔어요?

                      나 : _____ 병원에 갔어요.

2 이야기한 후에 쓰세요.

❶ 가 : 어제 산에 갔어요?

　　나 : 아니요, 바람이 많이 ＿＿＿＿＿＿＿ 안 갔어요.

❷ 가 : 어느 계절을 좋아해요?

　　나 : 날씨가 ＿＿＿＿＿＿＿ 가을을 좋아해요.

❸ 가 : 왜 봄을 좋아해요?

　　나 : 꽃이 많이 ＿＿＿＿＿＿＿ 봄을 좋아해요.

❹ 가 : 지난 주말에 산에 갔어요?

　　나 : 아니요, 약속이 ＿＿＿＿＿＿＿ 안 갔어요.

❺ 가 : 왜 여름을 싫어해요?

　　나 : 너무 ＿＿＿＿＿＿＿ 여름을 싫어해요.

❻ 가 : 어제 사진 많이 찍었어요?

　　나 : 아니요, 날씨가 ＿＿＿＿ 사진 찍으러 안 갔어요.

❼ 가 : 어제 왜 일찍 갔어요?

　　나 : 일본에서 친구가 ＿＿＿＿＿＿＿ 일찍 갔어요.

❽ 가 : 왜 김치를 안 먹어요?

　　나 : 너무 ＿＿＿＿＿＿＿ 김치를 안 먹어요.

–지요

1 〈보기〉와 같이 이야기한 후에 쓰세요.

> ^{보기} 지금 학교에 가다 / 네　　➡ 가 : 지금 학교에 가지요?
>
> 　　　　　　　　　　　　　　나 : 네, 학교에 가요.
>
> 　　지금 학교에 가다 / 아니요 ➡ 가 : 지금 학교에 가지요?
>
> 　　　　　　　　　　　　　　나 : 아니요, 학교에 안 가요.

❶ 오늘 날씨가 좋다 / 네　　➡ 가 : _____

　　　　　　　　　　　　　　나 : _____

❷ 지금 비가 오다 / 아니요　➡ 가 : _____

　　　　　　　　　　　　　　나 : _____

❸ 요즘 날씨가 춥다 / 네　　➡ 가 : _____

　　　　　　　　　　　　　　나 : _____

❹ 어제 날씨가 맑다 / 네　　➡ 가 : _____

　　　　　　　　　　　　　　나 : _____

❺ 어제 바람이 불다 / 아니요➡ 가 : _____

　　　　　　　　　　　　　　나 : _____

❻ 겨울을 좋아하다 / 아니요 ➡ 가 : _____

　　　　　　　　　　　　　　나 : _____

2 이야기한 후에 쓰세요.

❶ 가 : 오늘 날씨가 _____

　나 : 네, 정말 더워요.

❷ 가 : 밖에 바람이 많이 _____

　나 : 아니요, 안 불어요.

❸ 가 : 어제 눈이 _____

　나 : 네, 눈이 많이 왔어요.

❹ 가 : 어제 날씨가 _____

　나 : 아니요, 맑았어요.

❺ 가 : 수미 씨는 봄을 _____

　나 : 네, 날씨가 따뜻해서 봄을 좋아해요.

❻ 가 : 주말에 영화를 _____

　나 : 네, 친구와 봤어요.

❼ 가 : 김치가 _____

　나 : 네, 정말 매워요.

❽ 가 : 지난 토요일에도 학교에 _____

　나 : 아니요, 토요일에는 집에 있었어요.

🖉 -ㅂ 불규칙

1 〈보기〉와 같이 이야기한 후에 쓰세요.

> **보기**
>
> 날씨가 덥다 ➡ <u>날씨가 더워요.</u>

❶ 날씨가 춥다 ➡ _____

❷ 시험이 어렵다 ➡ _____

❸ 꽃이 아름답다 ➡ _____

❹ 한국어가 쉽다 ➡ _____

❺ 하숙집이 가깝다 ➡ _____

2 이야기한 후에 쓰세요.

❶ 가 : 오늘 날씨가 _____

　나 : 아니요, 따뜻해요.

❷ 가 : 음식이 짜요?

　나 : 아니요, 좀 _____ 소금 좀 주세요.

❸ 가 : 가방이 무겁지요?

　나 : 네, 조금 _____

❹ 가 : 한국어 공부가 어렵지요?

　나 : 아니요, 안 _____

1 그림을 보고 이야기한 후에 쓰세요.

1) 가 : 오늘 날씨가 어때요?

   나 : _____

2) 가 : 여름은 날씨가 어때요?

   나 : _____

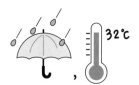

3) 가 : 어제 산에 갔어요?

   나 : 아니요, 집에 _____

   가 : 왜 안 갔어요?

   나 : 어제 눈이 _____

4) 가 : 수미 씨는 어느 계절을 좋아해요?

   나 : _____

   가 : 왜 봄을 좋아해요?

   나 : 날씨가 _____ 봄을 좋아해요.

   가 : 봄에는 사람들이 뭘 해요?

   나 : _____ 등산을 해요.

1 다음은 신문의 일기예보입니다. 다음을 잘 읽고 내용이 맞으면 ○, 틀리면
× 에 표시하세요.

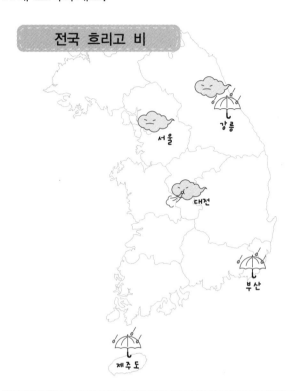

전국 흐리고 비

제주도는 오늘 오후부터 내일까지 100mm 더 내릴 것으로
보입니다. 외출 시 우산을 준비하십시오. 강릉은 오전에는
구름과 비소식이 있으며, 오후부터 점차 맑아질 것으로 예
상됩니다.

1) 서울은 날씨가 아주 맑아요.　　　　　○ ✕

2) 제주도는 비가 많이 와요.　　　　　　○ ✕

3) 대전은 바람이 불고 흐려요.　　　　　○ ✕

쓰기 연습

1 다음은 수미 씨가 오늘 한 일입니다. 다음 그림을 보고 여러분이 수미 씨가
되어 오늘 일을 일기로 쓰세요.

1) 다음 질문에 대답하세요.

    (1) 오늘 오전에는 날씨가 어땠어요?

    _____

    (2) 그래서 어떻게 했어요?

    _____

    (3) 오늘 오후에는 날씨가 어땠어요?

    _____

    (4) 그래서 어떻게 했어요?

    _____

    (5) 저녁에는 어디에서, 무엇을 했어요?

    _____

2) 메모를 보고 일기를 쓰세요.

_____

_____

_____

_____

_____

_____

_____

이것도 알아볼까요?

"어때요?"

재미있다

재미없다

맛있다

맛없다

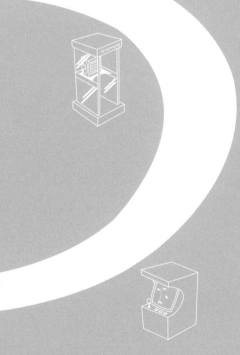

제9과 주말 활동

학습 목표
주말 활동과 계획에 대해서 이야기할 수 있다.

주제	주말 활동
기능	주말 활동과 계획 표현하기
	경험에 대해 묻고 답하기
연습	말하기 : 주말 활동이나 계획에 대해 묻고 답하기
	읽기 : 지난 주말 활동에 대한 일기 읽기
	쓰기 : 주말 계획에 대한 글 쓰기
어휘	주말 활동, 시간
문법	-(으)려고 하다, -에 가서, -아/어/여 보다

제9과 주말 활동

어휘와 표현

1 그림을 보고 이야기한 후에 쓰세요.

❶

여행해요.
_____

❷

_____

❸

_____

❹

_____

❺

_____

❻

_____

2 이야기한 후에 쓰세요.

❶ ___월요일___ – _____ – _____ – 목요일

❷ _____ – 이번 주 – _____

❸ 지난달 – _____ – _____

❹ _____ – _____ – 내년

–(으)려고 하다

1 〈보기〉와 같이 이야기한 후에 쓰세요.

> **보기**
>
> 책을 읽다 ➡ 책을 읽으려고 해요.
>
> 친구를 만나다 ➡ 친구를 만나려고 해요.
>
> 한국 요리를 만들다 ➡ 한국 요리를 만들려고 해요.

❶ 등산하다 ➡ _____

❷ 사진을 찍다 ➡ _____

❸ 음악을 듣다 ➡ _____

❹ 친구 집에서 놀다 ➡ _____

❺ 야구를 보러 가다 ➡ _____

❻ 한국 여행을 하다 ➡ _____

❼ 집에서 쉬다 ➡ _____

❽ 신문을 읽다 ➡ _____

2 이야기한 후에 쓰세요.

❶ 가 : 주말에 뭐 할 거예요?

　 나 : 집에서 한국어를 _____

❷ 가 : 이번 주 토요일에 뭐 할 거예요?

　 나 : 친구하고 영화를 보러 _____

❸ 가 : 이번 주말에 뭐 할 거예요?

　 나 : 서울 시내를 _____

❹ 가 : 일요일에 뭐 할 거예요?

　 나 : 공원에서 사진을 _____

❺ 가 : 다음 주말에 뭐 할 거예요?

　 나 : 친구하고 같이 바닷가에 _____

❻ 가 : 일요일에 뭐 할 거예요?

　 나 : 집에서 책을 _____

❼ 가 : 어제 뭐 샀어요?

　 나 : 가방을 _____ 그런데 비싸서 안 샀어요.

❽ 가 : 어제 책을 다 읽었어요?

　 나 : 책을 다 _____ 그런데 머리가 아파서 안 읽었어요.

✏️ −에 가서

1 〈보기〉와 같이 이야기한 후에 쓰세요.

> **보기**
>
> 동대문 시장, 옷을 사다 ➡ **동대문 시장에 가서 옷을 사요**

❶ 인사동, 구경을 하다 ➡ _____

❷ 극장, 영화를 보다 ➡ _____

❸ 공원, 자전거를 타다 ➡ _____

❹ 운동장, 야구를 보다 ➡ _____

2 이야기한 후에 쓰세요.

❶ 가 : 주말에 뭐 할 거예요?

　　나 : 공원에 _____ 사진을 _____

❷ 가 : 어디에서 공부할 거예요?

　　나 : 도서관_____

❸ 가 : 일요일에 뭐 할 거예요?

　　나 : 이태원_____ 고향 친구들을 _____

❹ 가 : 부산에 어떻게 가요?

　　나 : 서울역_____ 기차를 타세요.

❺ 가 : 어제 뭐 했어요?

　　나 : _____ 그림을 구경했어요.

✏️ –아/어/여 보다

1 〈보기〉와 같이 이야기한 후에 쓰세요.

> **보기**
>
> 한국에서 살다 ➡ 한국에서 살아 봤어요.
>
> 불고기를 먹다 ➡ 불고기를 먹어 봤어요.
>
> 부산을 여행하다 ➡ 부산을 여행해 봤어요.

❶ 인사동을 구경하다 ➡ _____

❷ 아리랑 노래를 듣다 ➡ _____

❸ 한국 박물관에 가다 ➡ _____

❹ 한국 소설책을 읽다 ➡ _____

❺ 북한산을 등산하다 ➡ _____

❻ 연애편지를 받다 ➡ _____

❼ 한복을 입다 ➡ _____

❽ 한국 요리를 만들다 ➡ _____

❾ 한국에서 스키를 타다 ➡ _____

❿ 한국어로 노래를 하다 ➡ _____

2 이야기한 후에 쓰세요.

❶ 가 : 스키를 _____

　　나 : 아니요, 아직 못 타 봤어요.

❷ 가 : 인사동에 _____

　　나 : 네, 지난주에 가 봤어요.

❸ 가 : 삼계탕을 _____

　　나 : 네, _____

❹ 가 : 한국 노래를 _____

　　나 : 아니요, 아직 못 _____

❺ 가 : 제주도를 _____

　　나 : 네, 너무 좋았어요.

❻ 가 : 경복궁에 _____

　　나 : 아니요, 아직 못 _____

❼ 가 : 가방을 사고 싶어요.

　　나 : 그러면 동대문 시장에 _____ 물건이 아주 싸요.

❽ 가 : 이 음식은 이름이 뭐예요?

　　나 : 떡볶이예요. 한번 _____ 맛있어요.

말하기 연습

1 그림을 보고 이야기한 후에 쓰세요.

1) 가 : 이번 주말에 뭐 할 거예요?

　　나 : 친구들과 _____

2) 가 : 지난 주말에 집에서 쉬었어요?

　　나 : 아니요, 운동장에 _____

　　가 : 재미있었어요?

　　나 : 네, 재미있었어요.

3) 가 : 린다 씨, 동대문 시장에 _____

　　나 : 아니요, 아직 _____

　　가 : 동대문 시장은 옷이 아주 싸요.

　　　　한번 _____

4) 가 : 이번 주말에 뭐 할 거예요?

　　나 : 북한산에 _____

　　　　그런데 마이클 씨는 북한산에 _____

　　가 : 아니요, 못 가 봤어요.

　　나 : 그러면 같이 북한산에 _____

　　가 : 네, 좋아요. 나도 가 보고 싶어요.

1 다음은 린다 씨의 일기입니다. 다음을 잘 읽고 내용이 맞으면 ○, 틀리면 ×에 표시하세요.

> 저는 주말에 보통 친구들을 만나요. 같이 운동도 하고,
> 구경도 해요. 지난주 토요일에는 친구와 같이 운동장에 가서
> 테니스를 쳤어요. 그리고 일요일에는 인사동에 갔어요.
> 인사동에 가서 여러 가지를 구경했어요.
> 그리고 한국 차를 마셔 봤어요. 아주 맛있었어요.
> 이번 주말에는 등산을 가려고 해요.

1) 린다 씨는 이번 주말에 집에서 쉬려고 해요. ○ ×

2) 지난주 일요일에는 인사동에서 구경했어요. ○ ×

3) 린다 씨는 인사동에 가서 한국 차를 마셨어요. ○ ×

쓰기 연습

1 다음은 마이클 씨의 이번 주말의 계획입니다. 다음 그림을 보고 여러분이 마이클 씨가 되어 이번 주말의 계획을 쓰세요.

1) 다음 질문에 대답하세요.

　(1) 이번 주말에 집에서 무엇을 하려고 해요?

　_____

　(2) 어디에 가려고 해요?

　_____

　(3) 거기에서 무엇을 하려고 해요?

　_____

2) 메모를 보고 주말 계획을 쓰세요.

_____

_____

_____

_____

_____

_____

_____

이것도 알아볼까요?

"어때요?"

기분이 좋다

기분이 나쁘다

쉽다

어렵다

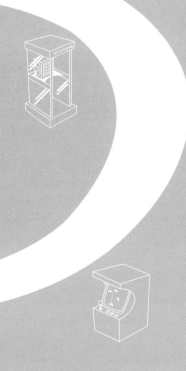

제10과 교통

학습 목표
교통편에 대해 이야기할 수 있다.

주제	교통
기능	교통편 묻기
	교통편에 대해 이야기하기
연습	말하기: 교통편에 대해 묻고 답하기
	읽기 : 서울의 유명한 장소까지의 교통편에 대한 글 읽기
	쓰기 : 자주 가는 장소까지의 교통편과 소요시간에 대한 글 쓰기
어휘	교통수단
문법	-아/어/여야 되다/하다, -에서, -까지

제10과 **교통**

1 그림을 보고 이야기한 후에 쓰세요.

❶ 　**❷** 　**❸** 　**❹**

비행기
_____　_____　_____　_____

2 어떻게 와요? 그림을 보고 이야기한 후에 쓰세요.

❶ 　　택시를 타고 와요.
_____

❷ 　　_____

❸ 　　_____

❹ 　　_____

❺ 　　_____

❻ 　　_____

✏️ –아/어/여야 되다/하다

1 〈보기〉와 같이 이야기한 후에 쓰세요.

> **보기**
>
> 한국에서 살다
>
> ➡ 한국에서 살아야 돼요. / 한국에서 살아야 해요.
>
> 책을 많이 읽다
>
> ➡ 책을 많이 읽어야 돼요. / 책을 많이 읽어야 해요.
>
> 빨래를 하다
>
> ➡ 빨래를 해야 돼요. / 빨래를 해야 해요.

❶ 버스를 타다

➡ _____

❷ 걸어서 가다

➡ _____

❸ 지하철로 갈아타다

➡ _____

❹ 친구를 기다리다

➡ _____

❺ 한국말로 이야기하다

➡ _____

2 〈보기〉와 같이 이야기한 후에 쓰세요.

> 보기
>
> 가 : 배가 아파요. 어떻게 해야 돼요? (병원에 가다)
>
> 나 : **병원에 가야 돼요. / 병원에 가야 해요.**

❶ 가 : 길이 많이 막혀요. 어떻게 해야 돼요? (지하철을 타다)

나 : _____

❷ 가 : 버스에 사람이 너무 많아요. 어떻게 해야 돼요? (다음 버스를 타다)

나 : _____

❸ 가 : 내일 시험이 있어요. 어떻게 해야 돼요? (열심히 공부하다)

나 : _____

❹ 가 : 어제 잠을 못 자서 피곤해요. 어떻게 해야 돼요? (조금 쉬다)

나 : _____

❺ 가 : 배가 아파요. 어떻게 해야 돼요? (약을 먹다)

나 : _____

❻ 가 : 이 단어의 의미를 모르겠어요. 어떻게 해야 돼요? (사전을 찾아보다)

나 : _____

❼ 가 : 내일 회사에 못 와요. 어떻게 해야 돼요? (오늘 일을 다 하다)

나 : _____

✏️ –에서, –까지

1 〈보기〉와 같이 이야기한 후에 쓰세요.

> **보기**
>
> 집, 학교, 버스 ➡ <u>집에서 학교까지 버스를</u> 타고 가요.
>
> 집, 학교, 30분 ➡ <u>집에서 학교까지 30분</u> 걸려요.

❶ 집, 학교, 자전거 ➡ _____ 타고 가요.

❷ 학교 앞, 종로, 지하철 ➡ _____ 타고 가요.

❸ 집, 학교, 10분 ➡ _____ 걸려요.

❹ 학교, 압구정역, 30분 ➡ _____ 걸려요.

❺ 집, 시장, 걸어가다 ➡ _____

❻ 회사, 집, 한 시간 ➡ _____

❼ 서울, 제주도, 비행기 ➡ _____

❽ 학교, 박물관, 지하철 6호선 ➡ _____

❾ 서울, 부산, 3시간 ➡ _____

❿ 집, 친구집, 5분 ➡ _____

2 이야기한 후에 쓰세요.

❶ 가 : 집_____ 학교_____ 어떻게 가요?

나 : 버스를 타고 가요.

❷ 가 : 여기_____ 회사_____ 얼마나 걸려요?

나 : 30분쯤 걸려요.

❸ 가 : 잠실에 어떻게 가야 돼요?

나 : 지하철 6호선을 타고 신당역_____ 가세요.

그리고 2호선으로 갈아타세요.

❹ 가 : 어느 나라_____ 왔어요?

나 : 저는 중국 사람이에요.

❺ 가 : 학교에 걸어서 와요?

나 : 아니요, 버스를 타고 약수역_____ 와요.

그리고 약수역_____ 고려대역_____ 지하철을 타고 와요.

❻ 가 : 한국에 뭐 타고 왔어요?

나 : 고향_____ 부산_____ 배를 타고 왔어요.

그리고 부산_____ 서울_____ 기차를 타고 왔어요.

❼ 가 : 한국에서 오래 살았어요?

나 : 아니요, 올해 3월_____ 살았어요.

❽ 가 : 한국어 수업은 몇 시_____ 몇 시_____ 해요?

나 : 오전 9시에 시작해요. 그리고 오후 1시에 끝나요.

말하기 연습

1 그림을 보고 이야기한 후에 쓰세요.

1) 가 : 학교에 어떻게 와요?

　　나 : 지하철을 _____

2) 가 : 종로에 _____

　　나 : 버스를 타고 가세요.

3) 가 : 학교까지 _____

　　나 : 30분쯤 걸려요.

4) 가 : 학교에 뭘 타고 다녀요?

　　나 : 저는 기숙사에 살아요. _____

　　　　수미 씨는 어떻게 와요?

　　가 : 저는 지하철을 타고 와요.

　　나 : 집에서 학교까지 시간이 얼마나 걸려요?

　　가 : _____

1 수미 씨의 일기입니다. 다음을 잘 읽고 내용이 맞으면 ○, 틀리면 ×에 표시하세요.

나는 어제 친구하고 같이 서울타워에 갔어요.

학교 앞에서 지하철을 타고 명동역까지 갔어요.

서울타워는 명동역에서 30분쯤 걸어가야 돼요.

우리는 서울타워에서 서울을 구경했어요.

정말 재미있었어요.

1) 나는 지하철에서 버스로 갈아탔어요.   ☐ O ☐ ×

2) 명동역에서 서울타워까지 걸어갔어요.   ☐ O ☐ ×

3) 학교에서 서울타워까지 30분쯤 걸려요.   ☐ O ☐ ×

1 여러분은 어디에 자주 가요? 어떻게 가요? 시간이 얼마나 걸려요? 여러분의 이동 방법을 쓰세요.

1) 메모하세요.

어디에 가요?	어떻게 가요?	시간이 얼마나 걸려요?
학교		
	지하철	
	버스	
	걸어서	

2) 메모를 보고 여러분의 이야기를 쓰세요.

나는 학교와 _____에 가요.

집에서 학교까지 _____

_____

_____

_____

_____

_____

_____

종합 연습 Ⅱ

1 〈보기〉와 같이 종류가 다른 단어를 고르세요.

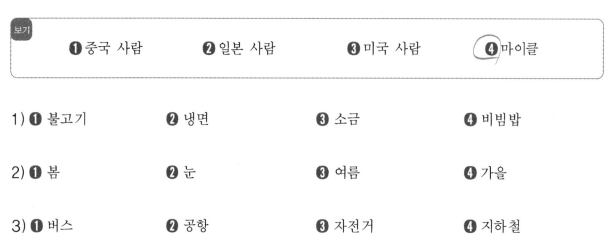

> 보기
>
> ❶ 중국 사람   ❷ 일본 사람   ❸ 미국 사람   ❹ 마이클

1) ❶ 불고기   ❷ 냉면   ❸ 소금   ❹ 비빔밥

2) ❶ 봄   ❷ 눈   ❸ 여름   ❹ 가을

3) ❶ 버스   ❷ 공항   ❸ 자전거   ❹ 지하철

2 〈보기〉와 같이 [　　] 와 관계있는 명사를 고르세요.

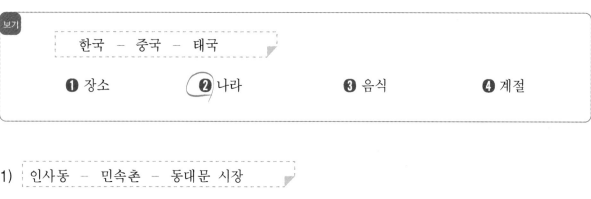

> 보기
>
> 한국 – 중국 – 태국
>
> ❶ 장소   ❷ 나라   ❸ 음식   ❹ 계절

1) 인사동 – 민속촌 – 동대문 시장

     ❶ 장소   ❷ 학교   ❸ 교통   ❹ 약속

2) 짜요 – 써요 – 달아요

     ❶ 여행   ❷ 맛   ❸ 취미   ❹ 음식

3) 흐려요 – 비가 와요 – 바람이 불어요

     ❶ 주말   ❷ 취미   ❸ 날씨   ❹ 계절

3 다음 밑줄에 알맞은 말을 고르세요.

1) 가 : 미라 씨는 학교에서 집이 가깝지요?

나 : 네, 저는 학교 _____에 살아요. 그래서 걸어 다녀요.

❶ 왼쪽   ❷ 오른쪽   ❸ 근처   ❹ 건너편

2) 가 : 왜 봄을 좋아해요?

나 : 저는 꽃을 좋아해요. _____ 봄을 좋아해요.

❶ 그러면   ❷ 그래서   ❸ 그런데   ❹ 그리고

3) 가 : 갈비탕이 조금 짜지요?

나 : 아니요, _____. 소금 좀 더 주세요.

❶ 써요   ❷ 매워요   ❸ 달아요   ❹ 싱거워요

4 다음 밑줄에 공통으로 들어갈 말을 고르세요.

1) 가 : 인사동에 가서 뭐 할 거예요?

나 : 구경_____ 하고 차_____ 마실 거예요.

❶ 을/를   ❷ 도   ❸ 으로   ❹ 에서

2) 가 : 언제_____ 한국에 살았어요?

나 : 작년 8월_____ 살았어요.

❶ 이/가   ❷ 도   ❸ 에서   ❹ 부터

3) 가 : 학교_____ 어떻게 와요?

나 : 신당역_____ 2호선을 타고 와요. 그리고 거기에서 6호선으로 갈아타요.

❶ 에   ❷ 에서   ❸ 까지   ❹ 부터

5 다음 [ ] 의 단어를 알맞은 형태로 바꾸어 밑줄에 쓰세요.

1) [만나다]

가 : 어디 가요?

나 : 친구를 _____ 인사동에 가요.

2) [입다]

가 : 여기 이 옷이 정말 예뻐요.

나 : 그럼 한번 _____

3) [가다]

가 : 잠실에 어떻게 _____

나 : 지하철 2호선을 타면 돼요.

6 〈보기〉와 같이 [ ] 의 표현을 이용해서 문장을 만드세요.

보기

나, 선생님

나는 선생님이에요.

1)

겨울방학, 스위스, 스키를 타다

_____

2)

날씨가 따뜻하다, 봄, 좋아하다

_____

3)

집, 학교, 자전거, 타고 가다

_____

7 대화의 밑줄에 알맞은 표현을 고르세요.

1) 가 : 날씨가 정말 ＿＿＿＿＿＿?

　　나 : 네, 그래서 땀이 많이 나요.

　　❶ 춥지요　　　　❷ 덥지요　　　　❸ 맑지요　　　　❹ 흐리지요

2) 가 : 집에서 학교까지 시간이 ＿＿＿＿＿＿?

　　나 : 삼십 분쯤 걸려요.

　　❶ 어떻게 가요　　❷ 뭘 타고 다녀요　　❸ 얼마나 걸려요　　❹ 어디에서 갈아타요

3) 가 : 오늘이 ＿＿＿＿＿＿?

　　나 : 3월 23일이에요.

　　❶ 언제예요　　　❷ 무슨 요일이에요　　❸ 얼마나 자주 해요　　❹ 몇 월 며칠이에요

8 그림을 보고 밑줄에 알맞은 표현을 쓰세요.

1)
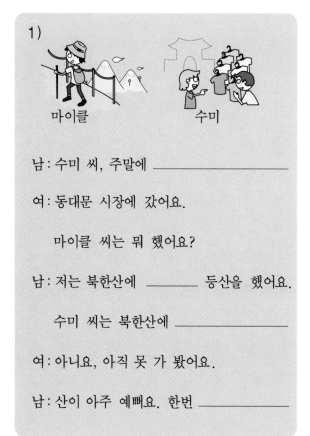

남 : 수미 씨, 주말에 ＿＿＿＿＿＿

여 : 동대문 시장에 갔어요.

　　마이클 씨는 뭐 했어요?

남 : 저는 북한산에 ＿＿ 등산을 했어요.

　　수미 씨는 북한산에 ＿＿＿＿＿＿

여 : 아니요, 아직 못 가 봤어요.

남 : 산이 아주 예뻐요. 한번 ＿＿＿＿＿＿

2)
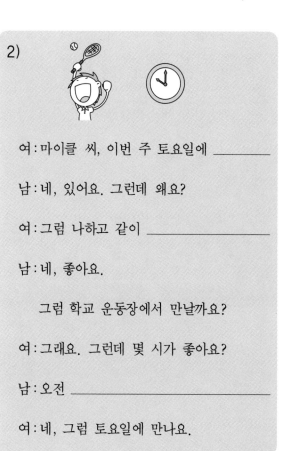

여 : 마이클 씨, 이번 주 토요일에 ＿＿＿＿

남 : 네, 있어요. 그런데 왜요?

여 : 그럼 나하고 같이 ＿＿＿＿＿＿

남 : 네, 좋아요.

　　그럼 학교 운동장에서 만날까요?

여 : 그래요. 그런데 몇 시가 좋아요?

남 : 오전 ＿＿＿＿＿＿

여 : 네, 그럼 토요일에 만나요.

9 다음 문장의 순서를 바꿔 자연스러운 대화를 만드세요.

1) 가 : 저는 비빔밥을 먹을래요. 마이클 씨는 뭐 먹을래요?

   나 : 그러면 저도 비빔밥을 먹을래요. 여기 비빔밥 두 개 주세요.

   다 : 뭘 드시겠어요?

   라 : 비빔밥은 맛이 어때요?

   마 : 조금 매워요. 그렇지만 맛있어요. 한번 먹어 보세요.

   바 : 영진 씨, 뭐 먹을래요?

   다 – (　　) – (　　) – 라 – (　　) – (　　)

2) 가 : 실례합니다. 잠실에 어떻게 가야 돼요?

   나 : 한 시간쯤 걸릴 거예요.

   다 : 감사합니다.

   라 : 잠실까지 시간이 얼마나 걸려요?

   마 : 버스를 타고 신당까지요?

   바 : 먼저 버스를 타고 신당까지 가세요.

   사 : 네. 그리고 신당에서 지하철로 갈아타세요.

   가 – (　　) – (　　) – 사 – (　　) – (　　) – 다

10 다음을 읽고 질문에 답하세요.

> 지난 주말에 나는 친구하고 같이 제주도에 갔어요. 서울에서 목포까지 기차를 타고 갔어요. 그리고 목포에서 배로 갈아타고 제주도까지 갔어요. 기차로 세 시간, 배로 다섯 시간 걸렸어요. 조금 피곤했어요. 제주도는 아주 아름다웠어요. 우리는 제주도에서 한라산 등산을 했어요. 꽃이 많았어요. 정말 예뻤어요. 서울은 날씨가 추웠어요. 그런데 제주도는 따뜻했어요. 제주도에서 제주도 음식을 먹어 봤어요. 싸고 맛있었어요. 방학에 다시 제주도에 가고 싶어요.

1) 위 사람은 제주도까지 뭘 타고 갔어요? 알맞은 것을 고르세요.

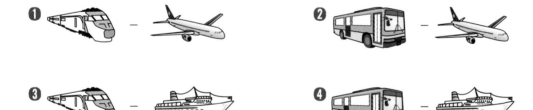

2) 위 글의 내용과 같은 것을 고르세요.

❶ 지금은 여름이에요.

❷ 제주도 음식은 조금 써요.

❸ 이 사람은 제주도에 많이 가 봤어요.

❹ 서울에서 제주도까지 여덟 시간쯤 걸려요.

여보세요.

제11과 전화

학습 목표
전화를 걸고 받을 수 있다.

주제	전화
기능	전화 걸고 받기
연습	말하기 : 다양한 상황에서 전화 걸고 받기
	읽기　: 전화에 대한 일기 읽기
	쓰기　: 전화에 대한 일기 쓰기
어휘	전화 관련 표현
문법	-아/어/여 주세요, -(으)ㄹ 것이다, -(으)ㄹ게요

제11과 전화

어휘와 표현

 그림을 보고 〈보기〉의 표현을 골라 이야기한 후에 쓰세요.

> 보기
>
> ⓐ 전화를 걸다   ⓑ 전화벨이 울리다   ⓒ 전화를 받다
>
> ⓓ 전화를 끊다   ⓔ 전화를 바꿔 주다   ⓕ 통화중이다

❶

전화벨이 울려요
_____

❷

_____

❸

_____

❹

_____

❺

_____

❻

_____

 그림을 보고 알맞은 말을 연결하세요.

❶

     • ⓐ 전화번호를 물어봐요.

❷

     • ⓑ 문자를 보내요.

❸

     • ⓒ 전화를 잘못 걸었어요.

❹

     • ⓓ 메모를 남겨요.

✏️ -아/어/여 주세요

1 〈보기〉와 같이 이야기한 후에 쓰세요.

> 보기
>
> 전화번호 좀 이야기하다
>
> ➡ 전화번호 좀 이야기해 주세요

❶ 전화번호 좀 가르치다

➡ _____

❷ 미도리 씨 좀 바꾸다

➡ _____

❸ 여기에 주소 좀 쓰다

➡ _____

❹ 미안해요. 전화 좀 받다

➡ _____

❺ 지금 사전이 없어요. 사전 좀 빌리다

➡ 지금 사전이 없어요. _____

❻ 지금 좀 바빠요. 나중에 전화하다

➡ 지금 좀 바빠요. _____

2 이야기한 후에 쓰세요.

❶ 가 : 여보세요. 영주 씨 좀 _____

　　나 : 네, 잠깐만 기다리세요.

❷ 가 : 이 종이에 이름을 _____

　　나 : 네, 알겠어요.

❸ 가 : 비가 와요. 우산 좀 _____

　　나 : 네, 여기 있어요.

❹ 가 : 내 이야기 들었어요?

　　나 : 아니요, 못 들었어요. 다시 한번 _____

❺ 가 : 수미 씨 생일 좀 _____

　　나 : 12월 10일이에요.

❻ 가 : 잠깐만 _____

　　나 : 네, 기다릴게요. 천천히 하세요.

❼ 가 : 친구 사진이에요? 나도 _____

　　나 : 네, 보세요.

❽ 가 : 더워요?

　　나 : 네, 좀 더워요. 창문 좀 _____

✏️ –(으)ㄹ 것이다

1 〈보기〉와 같이 이야기한 후에 쓰세요.

> **보기**
>
> 잘 읽다 ➡ <u>잘 읽을 거예요.</u>
>
> 곧 들어오다 ➡ <u>곧 들어올 거예요.</u>
>
> 비빔밥을 만들다 ➡ <u>비빔밥을 만들 거예요.</u>

❶ 전화를 걸다 ➡ _____

❷ 전화를 받다 ➡ _____

❸ 지금 바쁘다 ➡ _____

❹ 집에 있다 ➡ _____

❺ 한국에 살다 ➡ _____

❻ 날씨가 따뜻하다 ➡ _____

❼ 날씨가 맑다 ➡ _____

❽ 영화가 재미있다 ➡ _____

❾ 밖에 나갔어요 ➡ _____

❿ 어제 전화했어요 ➡ _____

2 그림을 보고 〈보기〉와 같이 이야기한 후에 쓰세요.

가 : 수미 씨는 안 와요?

나 : 곧 <u>올 거예요.</u> 조금만 기다리세요.

❶

가 : 마에다 씨에게 전화하세요.

나 : 마에다 씨는 아마 _____

내일 아침에 할게요.

❷

가 : 마이클 씨가 한국 음식을 잘 먹을까요?

나 : 아마 잘 _____

❸

가 : 다케시 씨는 어디에 있어요?

나 : 잘 모르겠어요. 아마 학교에 _____

❹

가 : 수미 씨도 이 책을 읽었을까요?

나 : 아마 _____

❺

가 : 영진 씨가 요리를 잘 만들까요?

나 : 아마 _____

❻

-12℃

가 : 날씨가 _____ 옷을 많이 입으세요.

나 : 네, 그럴게요.

✏ –(으)ㄹ게요

1 〈보기〉와 같이 이야기한 후에 쓰세요.

> **보기**
>
> 내가 읽다 ➡ 내가 읽을게요.
>
> 곧 들어오다 ➡ 곧 들어올게요.
>
> 한국 음식을 만들다 ➡ 한국 음식을 만들게요.

❶ 나중에 전화하다 ➡ _____

❷ 내가 전화를 받다 ➡ _____

❸ 다음 주에 전화를 걸다 ➡ _____

❹ 여기에 앉다 ➡ _____

❺ 내가 도와주다 ➡ _____

❻ 여기에서 놀다 ➡ _____

❼ 내가 사진을 찍다 ➡ _____

❽ 조금 더 기다리다 ➡ _____

❾ 내가 가르쳐 주다 ➡ _____

❿ 이 음악을 듣다 ➡ _____

2 이야기한 후에 쓰세요.

❶ 가 : 린다 씨는 지금 집에 없어요.

　나 : 그러면 나중에 _____

❷ 가 : 미안한데요, 지금 좀 바빠요. 나중에 오세요.

　나 : 그러면 나중에 다시 _____

❸ 가 : 누가 읽을래요?

　나 : 내가 _____

❹ 가 : 누가 수미 씨한테 이야기할 거예요?

　나 : 내가 _____

❺ 가 : 많이 드세요.

　나 : 지금은 배가 불러요. 나중에 또 _____

❻ 가 : 영진 씨는 뭘 마실래요?

　나 : 오렌지 주스를 _____

❼ 가 : 수미 씨 생일 선물은 뭘 살 거예요?

　나 : 나는 케이크를 _____

❽ 가 : 우리 어디에서 만날까요?

　나 : 내가 린다 씨 집까지 _____

말하기 연습

1 그림을 보고 이야기한 후에 쓰세요.

1) 가 : 여보세요. 거기 린다 씨 집이지요?

　　나 : _____

　　가 : 린다 씨, 저 마이클이에요.

린다

2) 가 : 네, 안내입니다.

　　나 : 고려대학교 _____

　　가 : 네, 문의하신 번호는 3290-2971입니다.

3) 가 : 거기 마이클 씨 집이지요?

　　나 : 네, 맞는데요. 그런데 마이클은 지금 집에 없어요.

　　가 : 그러면 나중에 _____

4) 가 : 거기 수미 씨 집이지요?

　　나 : _____

　　가 : 죄송합니다.

5) 가 : 여보세요. _____

　　나 : 네, 그런데요.

　　가 : 지금 수미 씨 있어요?

　　나 : 전데요. _____

　　가 : 저 마이클이에요.

　　나 : 아, 마이클 씨 안녕하세요.

1 다음은 린다 씨의 일기입니다. 다음을 잘 읽고 내용이 맞으면 ○, 틀리면 ×에 표시하세요.

> 오늘 너무 아팠어요. 그래서 학교에 못 갔어요.
>
> 친구들에게서 전화가 많이 왔어요. 그런데 너무 아파서
>
> 전화를 못 받았어요. 오후에 병원에 갔어요. 그리고 약도
>
> 먹었어요. 저녁에는 안 아팠어요. 그래서 친구들에게 전화를
>
> 했어요. 내일은 학교에 갈 거예요.

1) 린다 씨의 친구들은 린다 씨 전화를 안 받았어요.   O   ×

2) 린다 씨는 내일 친구들에게 전화를 할 거예요.   O   ×

3) 린다 씨는 오늘 아파서 학교에 못 갔어요.   O   ×

쓰기 연습

1 다음은 마이클 씨가 오늘 한 일입니다. 다음 그림을 보고 여러분이 마이클
씨가 되어 오늘 일을 일기로 쓰세요.

1) 다음 질문에 대답하세요.

   (1) 누구에게 전화를 걸었어요?

   _____

   (2) 왜 다시 전화를 걸었어요?

   _____

2) 메모를 보고 전화 이야기를 쓰세요.

   _____

   _____

   _____

   _____

   _____

   _____

제12과 취미

학습 목표
취미와 여가 활동에 대해 이야기할 수 있다.

주제	취미
기능	취미와 경험에 대해 이야기하기
연습	말하기 : 취미에 대해 묻고 답하기
	읽기 : 취미를 소개하는 글 읽기
	쓰기 : 취미에 대해 묻는 설문지를 읽고 취미를 소개하는 글 쓰기
어휘	취미, 빈도 표현
문법	-는 것, 못, -보다, -에

제12과 **취미**

어휘와 표현

1 그림을 보고 이야기한 후에 쓰세요.

❶ <u>사진을 찍는 것</u>

❷ _____

❸ _____

❹ _____

2 책을 얼마나 자주 읽어요? 그림을 보고 〈보기〉의 표현을 골라 이야기 한 후에 쓰세요.

보기	ⓐ 자주		ⓑ 가끔		ⓒ 거의		ⓓ 전혀

		일요일	월요일	화요일	수요일	목요일	금요일	토요일
수미			V		V	V	V	V
린다								V
경호								
제프			V			V		V

❶ 수미 씨는 책을 <u>**자주**</u> 읽어요.

❷ 린다 씨는 책을 _____ 읽어요.

❸ 경호 씨는 책을 _____ 읽어요.

❹ 제프 씨는 책을 _____ 읽어요.

174

문법

✏️ **–는 것**

1️⃣ 〈보기〉와 같이 이야기한 후에 쓰세요.

> **보기**
>
> 책을 읽다 ➡ 나는 <u>책을 읽는 것을 좋아해요.</u>
>
> ➡ 내 <u>취미는 책을 읽는 거예요.</u>

❶ 사진을 찍다 ➡ 나는 _____

➡ 내 _____

❷ 춤을 추다 ➡ 나는 _____

➡ 내 _____

❸ 음악을 듣다 ➡ 나는 _____

➡ 내 _____

❹ 요리를 만들다 ➡ 나는 _____

➡ 내 _____

❺ 우표를 모으다 ➡ 나는 _____

➡ 내 _____

❻ 그림을 그리다 ➡ 나는 _____

➡ 내 _____

2 〈보기〉와 같이 이야기한 후에 쓰세요.

한국어를 공부하다, 좋다

➡ 한국어를 공부하는 것이 좋아요.

한국어를 공부하다, 좋아하다

➡ 한국어를 공부하는 것을 좋아해요.

❶ 한국 노래를 듣다, 재미있다

➡ _____

❷ 한국어를 말하다, 어렵다

➡ _____

❸ 숙제를 하다, 힘들다

➡ _____

❹ 친구들하고 이야기하다, 좋아하다

➡ _____

❺ 병원에 가다, 싫어하다

➡ _____

❻ 선생님이 이야기하다, 잘 듣다

➡ _____

✏️ 못

1 그림을 보고 〈보기〉와 같이 이야기한 후에 쓰세요.

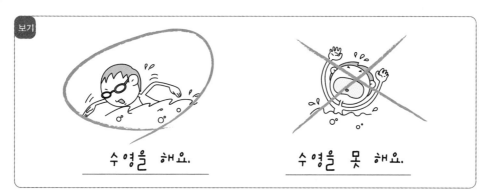

보기

수영을 해요.   수영을 못 해요.

❶   ❷

_____   _____

❸   ❹

_____   _____

❺   ❻

_____   _____

2 밑줄에 '안'이나 '못'을 넣어 이야기한 후에 쓰세요.

❶ 가 : 김치를 잘 먹어요?

　　나 : 아니요, _____

❷ 가 : 피아노를 잘 쳐요?

　　나 : 네, _____

❸ 가 : 날씨가 정말 더워요. 우리 수영하러 갈까요?

　　나 : 미안해요. 나는 _____

❹ 가 : 어제 친구 만났어요?

　　나 : 어제 바빴어요. 그래서 _____

❺ 가 : 수미에게 전화했어요?

　　나 : 수미 씨 전화번호를 몰라요. 그래서 _____

❻ 가 : 어제 사진 많이 찍었어요?

　　나 : 아니요, 비가 많이 와서 _____

❼ 가 : 한국 영화를 좋아해요?

　　나 : 아니요, _____

❽ 가 : 이 빵 먹을래요?

　　나 : 아니요, _____ 지금은 배가 불러요.

✏️ –보다

1 그림을 보고 〈보기〉와 같이 이야기한 후에 쓰세요.

> **보기**
>
> 사과가 __배보다 많아요.__
>
> 배가 __사과보다 적어요__

❶
영호 민수

민수가 _____

영호가 _____

❷
4,000원 600원

주스가 _____

물이 _____

❸
-5℃   28℃
한국   호주

한국이 _____

호주가 _____

❹
?????

한국어가 _____

수학이 _____

❺
린다   수미
1km   5km

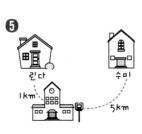

린다 씨 집이 _____

수미 씨 집이 _____

2 여러분은 어떤 사람이에요? 〈보기〉와 같이 여러분에 대해 이야기한 후에 쓰세요.

> 보기
>
> ⟨운동을 하다,⟩ 운동 경기를 보다
>
> ➡ 나는 <u>운동 경기를 보는 것보다 운동을 하는 것을</u> 더 좋아해요.

❶ 노래를 부르다, 노래를 듣다

➡ 나는 _____ 더 좋아해요.

❷ 텔레비전을 보다, 음악을 듣다

➡ 나는 _____ 더 좋아해요.

❸ 편지를 쓰다, 이메일을 쓰다

➡ 나는 _____ 더 좋아해요.

❹ 선물을 받다, 선물을 주다

➡ 나는 _____ 더 좋아해요.

❺ 자전거를 타다, 걸어가다

➡ 나는 _____ 더 좋아해요.

❻ 혼자 공부하다, 친구와 같이 공부하다

➡ 나는 _____ 더 좋아해요.

✏️ **-에**

1 〈보기〉와 같이 이야기한 후에 쓰세요.

> 보기
> 1일, 3번 ➡ 하루에 세 번

❶ 1일, 2개 ➡ _____   ❷ 1주일, 4병 ➡ _____

❸ 3일, 1번 ➡ _____   ❹ 1주일, 10번 ➡ _____

❺ 1달, 6권 ➡ _____   ❻ 1년, 1번 ➡ _____

2 괄호의 표현을 이용해 이야기한 후에 쓰세요.

❶ 가 : 커피를 많이 마셔요? (1일, 3잔)

  나 : 네, _____

❷ 가 : 한국어 공부를 얼마나 많이 해요? (1일, 4시간)

  나 : _____

❸ 가 : 이메일을 자주 체크해요? (1일, 5번)

  나 : 네, _____

❹ 가 : 부모님에게 얼마나 자주 전화해요? (2주일, 1번)

  나 : _____

❺ 가 : 영화를 자주 봐요? (3달, 1번)

  나 : 아니요, _____

말하기 연습

1 그림을 보고 이야기한 후에 쓰세요.

1) 가 : 취미가 뭐예요?

나 : 내 취미는 _____

2) 가 : 한국어를 _____ 재미있어요?

나 : 네, 정말 재미있어요.

3) 가 : 피아노를 잘 쳐요?

나 : 아니요, _____

4) 가 : 영화 _____ 좋아해요?

나 : 아니요, _____ 텔레비전

보는 것을 더 좋아해요.

5) 가 : 취미가 뭐예요?

나 : 사진 _____

가 : 얼마나 자주 찍어요?

나 : 보통 _____ 사진을 찍어요.

1 마이클 씨가 취미를 소개한 글입니다. 다음을 잘 읽고 내용이 맞으면 ○, 틀리면 ×에 표시하세요.

> 나는 요리하는 것을 좋아해요. 주말에 자주 요리를 해요.
>
> 그리고 하숙집 가족하고 같이 먹어요.
>
> 나는 사람들이 내 요리를 먹는 것을 정말 좋아해요.
>
> 요즘은 일주일에 한 번 하숙집 아주머니에게서 한국 요리를
>
> 배워요. 아주머니보다 요리를 더 잘 하고 싶어요.

1) 내 취미는 요리하는 거예요.   ○ ×

2) 나는 일주일에 한 번 한국 식당에 가요.   ○ ×

3) 나는 나중에 한국 요리를 배우고 싶어요.   ○ ×

1 다음은 사토 씨가 체크한 취미에 대한 설문지입니다. 다음을 보고 여러분이
사토 씨가 되어 취미를 설명하는 글을 쓰세요.

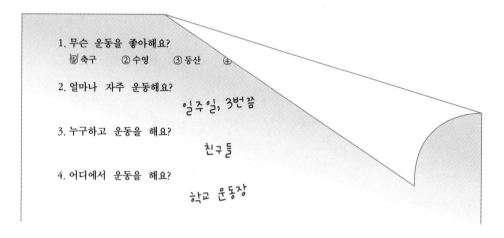

1) 다음 질문에 대답하세요.

(1) 취미가 뭐예요?

_____

(2) 무슨 운동을 제일 좋아해요?

_____

(3) 운동을 얼마나 자주 해요?

_____

(4) 누구와 같이 운동을 해요?

_____

(5) 어디에서 운동을 해요?

_____

2) 메모를 보고 취미를 소개하는 글을 쓰세요.

_____

_____

_____

_____

_____

_____

이것도 알아볼까요?

"뭘 입었어요? 그리고 뭘 신었어요?"

치마

구두

티셔츠

바지

운동화

제13과 가족

학습 목표
가족에 대해 이야기하고 소개할 수 있다.

주제	가족
기능	가족 소개하기
	정확한 높임 표현을 사용해 묻고 답하기
연습	말하기 : 가족에 대해 묻고 답하기
	읽기 : 가족을 소개하는 글 읽기
	쓰기 : 가족사진을 보고 가족을 소개하는 글 쓰기
어휘	가족, 경어 어휘
문법	-(으)시-, 경어 어휘, -께서, -께서는, -께, -의

제13과 가족

1 그림을 보고 이야기한 후에 쓰세요.

❶ _____ 할머니 외할아버지 ❷ _____

❸ _____ ❹ _____

❺ _____ ❻ _____ 나 ❼ _____ ❽ _____

2 의미가 같은 말을 연결하세요.

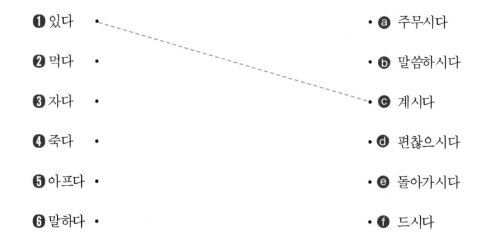

❶ 있다 •

❷ 먹다 •

❸ 자다 •

❹ 죽다 •

❺ 아프다 •

❻ 말하다 •

• ⓐ 주무시다

• ⓑ 말씀하시다

• ⓒ 계시다

• ⓓ 편찮으시다

• ⓔ 돌아가시다

• ⓕ 드시다

–(으)시

1 이야기한 후에 쓰세요.

	지금 아버지가	어제 아버지가	내일 아버지가
책을	❶ _____	읽으셨어요.	❷ _____
운동을	하세요	❸ _____	❹ _____
김치찌개를	❺ _____	❻ _____	만드실 거예요
음악을	들으세요.	❼ _____	❽ _____

2 이야기한 후에 쓰세요.

❶ 가 : 아버지는 무슨 일을 하세요?

　　나 : 아버지는 회사에 _____

❷ 가 : 할아버지도 운동을 좋아하세요?

　　나 : 아니요, 별로 안 _____

❸ 가 : 할아버지는 지금 _____

　　나 : 할아버지는 지금 산책을 _____

❹ 가 : 어머니는 지금 신문을 _____

　　나 : 아니요, 어머니는 텔레비전을 _____

❺ 가 : 가족이 모두 서울에 살아요?

　　나 : 아니요, 나만 서울에 살아요. 부모님은 부산에 _____

❻ 가 : 선생님, 이번 주말에 뭐 _____

　　나 : 집에서 쉴 거예요.

❼ 가 : 어머니는 전에 무슨 일을 _____

　　나 : 은행에서 _____

❽ 가 : 졸업식에는 영진 씨 혼자 올 거예요?

　　나 : 아니요, 부모님도 _____

❾ 가 : 선생님은 언제부터 한국어를 _____

　　나 : 2002년부터 가르쳤어요.

✏️ 경어 어휘

1 알맞은 말을 고르세요.

❶ 오늘은 할머니의 생일이에요. / <u>생신이에요.</u>

❷ 주말에 선생님 집에 / 댁에 놀러 갈 거예요.

❸ 언니가 주스를 마셔요 / 드세요

❹ 할아버지는 지금 방에서 자요. / 주무세요.

❺ 동생의 이름은 / 성함은 김진호예요.

❻ 할아버지는 지금 서울에 있어요 / 계세요

2 그림을 보고 이야기한 후에 쓰세요.

❶ 할아버지가 댁에 계세요. ❷ _____ ❸ _____

❹ _____ ❺ _____ ❻ _____

✏️ –께서, –께서는 , –께

1 〈보기〉와 같이 이야기한 후에 쓰세요.

> **보기**
>
> 아버지<u>께서</u> 전화를 하세요.
>
> 아버지<u>께서는</u> 운동하는 것을 좋아하세요.
>
> 아버지<u>께</u> 말씀드렸어요.

❶ 할아버지_____ 텔레비전을 보세요.

❷ 나는 아버지_____ 신문을 드렸어요.

❸ 어머니_____ 지금 집에 안 계세요.

❹ 선생님_____ 선물을 드렸어요.

❺ 할머니_____ 작년에 돌아가셨어요.

❻ 부모님_____ 모두 인천에 사세요.

❼ 아버지_____ 출근하셨어요.

❽ 어머니_____ 전화했어요.

❾ 어머니_____ 여행을 가셨어요.

❿ 아버지_____ 전화를 하시고 어머니_____ 책을 읽으세요.

2 〈보기〉와 같이 괄호의 표현을 이용해서 이야기 한 후에 쓰세요.

> 보기
>
> 가 : 누가 왔어요? (아버지)
>
> 나 : 아버지께서 오셨어요.

① 가 : 누가 책을 읽어요? (어머니)

나 : _____

② 가 : 누구에게 전화를 했어요? (아버지)

나 : _____

③ 가 : 누구에게 선물을 주었어요? (할머니)

나 : _____

④ 가 : 누가 이야기를 할 거예요? (할아버지)

나 : _____

⑤ 가 : 누구에게 이야기할 거예요? (선생님)

나 : _____

⑥ 가 : 누가 집에 있어요? (할머니)

나 : _____

⑦ 가 : 누가 밥을 먹었어요? (할아버지)

나 : _____

⑧ 가 : 누가 아파요? (어머니)

나 : _____

-의

1 그림을 보고 〈보기〉와 같이 이야기한 후에 쓰세요.

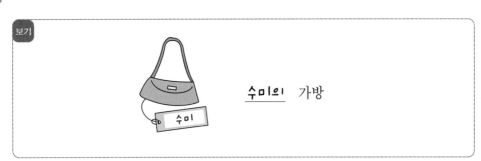

__수미의__ 가방

❶

_____ 구두

❷

_____ 우산

❸

_____ 전화

❹

_____ 옷

❺

_____ 아버지

❻

_____ 학교

말하기 연습

1 그림을 보고 이야기한 후에 쓰세요.

1) 가 : 가족이 몇 명이에요?

　 나 : _____

　 가 : 누구누구예요?

　 나 : _____ 그리고 저예요.

2) 가 : 부모님은 무슨 일을 하세요?

　 나 : 아버지는 _____

　　 그리고 어머니는 _____

3) 가 : 가족은 모두 한국에 살아요?

　 나 : 아니요, _____ 살아요.

　 가 : 그럼 부모님은 어디에 사세요?

　 나 : _____

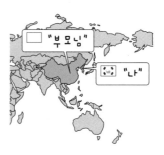

4) 가 : 가족이 어떻게 돼요?

　 나 : _____ 모두 네 명이에요.

　 가 : 부모님은 무슨 일을 하세요?

　 나 : 아버지_____

　　 그리고 어머니_____

읽기 연습

1 다음은 린다 씨가 가족을 소개한 글입니다. 다음을 잘 읽고 내용이 맞으면 ○, 틀리면 ×에 표시하세요.

> 우리 가족은 아버지와 어머니 그리고 오빠와 나 네 명이에요. 우리는 호주 시드니에 살아요. 아버지께서는 공무원이세요. 전에 한국에서도 일을 하셨어요. 어머니께서는 영어 선생님이세요. 오빠는 회사원이고 나는 대학생이에요. 우리 가족은 모두 한국을 좋아해요. 나는 대학 졸업 후에 한국에 가고 싶어요. 한국에서 한국어를 공부하고 싶어요.
>
>

1) 린다 씨는 가족하고 함께 살아요.   ☐ O ☐ ×

2) 린다 씨의 어머니께서는 영어를 가르치세요. ☐ O ☐ ×

3) 린다 씨의 오빠는 한국 회사에 다녀요.   ☐ O ☐ ×

1 다음은 수미 씨의 가족사진입니다. 사진을 보고 수미 씨의 가족에 대해 소개하는 글을 쓰세요.

취미 산책   선생님,   회사원   대학생
          취미 등산

1) 다음 질문에 대답하세요.

   (1) 수미 씨의 가족은 모두 몇 명이에요?

   _____

   (2) 누구누구 있어요?

   _____

   (3) 가족의 직업, 취미는 뭐예요?

   _____

2) 메모를 보고 수미 씨의 가족을 소개하는 글을 쓰세요.

   _____

   _____

   _____

   _____

   _____

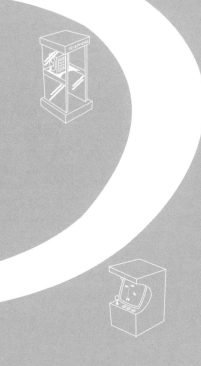

제14과 우체국·은행

학습 목표
우체국과 은행에서 편지를 보내거나 환전을 하는 등의 간단한 일을 할 수
있다.

주제	우체국 · 은행
기능	공공장소에서 격식적으로 말하기
	우체국에서 편지 · 소포 보내기
	은행에서 환전하기 · 통장 만들기
연습	말하기: 우체국 · 은행에서 격식체를 사용하여 직원과 묻고 답하기
	읽기 : 엽서 읽기
	쓰기 : 편지 보내기에 대한 일기 쓰기
어휘	우체국/은행에서 하는 일, 우체국/은행 관련 어휘
문법	-ㅂ니다/습니다, -ㅂ니까/습니까, -(으)십시오, -(으)ㅂ시다

제14과 우체국 · 은행

어휘와 표현

1 그림을 보고 이야기한 후에 쓰세요.

①

편지

②

③

④

⑤

⑥

2 그림을 보고 이야기한 후에 쓰세요.

> 보기
> ⓐ 편지를 쓰다   ⓑ 봉투에 넣다   ⓒ 주소를 쓰다
>
> ⓓ 우표를 붙이다   ⓔ 편지를 보내다   ⓕ 편지를 받다
>
> ⓖ 돈을 바꾸다   ⓗ 돈을 찾다   ⓘ 서명하다

①

우표를 붙여요

②

③

④

⑤

⑥

✏️ -ㅂ니다/습니다, -ㅂ니까/습니까

1️⃣ 그림을 보고 〈보기〉와 같이 이야기한 후에 쓰세요.

보기

먹다

가 : 밥을 **먹습니까?**

나 : 네, 밥을 **먹습니다.**

❶ 읽다

가 : 책을 _____

나 : 네, 책을 _____

❷ 앉다

가 : 의자에 _____

나 : 네, 의자에 _____

❸ 보다

가 : 텔레비전을 _____

나 : 네, 텔레비전을 _____

❹ 듣다

가 : 음악을 _____

나 : 네, 음악을 _____

❺ 전화하다

가 : 친구에게 _____

나 : 네, 친구에게 _____

❻ 쓰다

가 : 편지를 _____

나 : 네, 편지를 _____

❼ 살다

가 : 한국에 _____

나 : 네, 한국에 _____

2 이야기한 후에 쓰세요.

❶ 가 : 우체국에서 무엇을 _____

　　나 : 편지를 보냅니다.

❷ 가 : 어디에서 돈을 _____

　　나 : 은행에서 찾습니다.

❸ 가 : 통장을 어떻게 _____

　　나 : 신청서를 쓰십시오.

❹ 가 : 무엇을 _____

　　나 : 책을 _____

❺ 가 : 지난 주말에 무엇을 _____

　　나 : 책을 읽었습니다.

❻ 가 : 하숙집에 _____

　　나 : 아니요, 기숙사에 삽니다.

❼ 가 : 지금 무슨 일을 _____

　　나 : 자동차 회사에 _____

❽ 가 : 이번 주말에도 학교에 _____

　　나 : 네, _____

✏ -(으)십시오

1 그림을 보고 〈보기〉와 같이 이야기한 후 쓰세요.

보기

의자에 **앉으십시오.**

편지를 **쓰십시오.**

❶

서명을 _____

❷

우표를 _____

❸

도장을 _____

❹

우편 번호를 _____

❺

돈을 _____

❻

달러를 원으로 _____

2 〈보기〉와 같이 이야기한 후에 쓰세요.

> _{보기}
>
> 여기에서 기다리다 ➡ 여기에서 기다리십시오.

❶ 신청서에 서명하다 ➡ _____

❷ 현금카드를 만들다 ➡ _____

❸ 여기에 앉다 ➡ _____

❹ 여권을 보여 주다 ➡ _____

❺ 이 통장을 받다 ➡ _____

❻ 달러를 원으로 바꿔 주다 ➡ _____

❼ 주소와 우편번호를 쓰다 ➡ _____

❽ 이쪽으로 들어오다 ➡ _____

❾ 내 이야기를 듣다 ➡ _____

❿ 이 옷을 입다 ➡ _____

-(으)ㅂ시다

1 〈보기〉와 같이 이야기한 후에 쓰세요.

> **보기**
>
> 저녁을 먹다 ➡ 저녁을 먹읍시다.
>
> 도서관에 가다 ➡ 도서관에 갑시다.
>
> 다음에 놀다 ➡ 다음에 놉시다.

❶ 편지를 보내다 ➡ _____

❷ 돈을 바꾸다 ➡ _____

❸ 여기에 앉다 ➡ _____

❹ 돈을 찾다 ➡ _____

❺ 통장을 만들다 ➡ _____

❻ 선생님의 이야기를 듣다 ➡ _____

❼ 이 책을 읽다 ➡ _____

❽ 수미 씨에게 전화를 걸다 ➡ _____

2 이야기한 후에 쓰세요.

❶ 가 : 링링 씨의 생일이 다음 달이에요.

　 나 : 그러면 중국에 생일 선물을 _____

❷ 가 : 수미 씨가 계속 전화를 안 받아요.

　 나 : 그러면 이메일을 _____

❸ 가 : 빨리 가야 돼요.

　 나 : 그러면 택시를 _____

❹ 가 : 많이 걸어서 다리가 아파요.

　 나 : 그러면 여기에서 조금 _____

❺ 가 : 우리 모두 열심히 _____

　 나 : 네, 앞으로 열심히 공부할게요.

❻ 가 : 그냥 돌아갈까요?

　 나 : 곧 올 겁니다. 조금만 더 _____

❼ 가 : 같이 차를 마시러 _____

　 나 : 네, 좋아요. 차를 마시러 가요.

❽ 가 : 오늘 저녁은 무엇을 먹을까요?

　 나 : 한국 음식을 _____

말하기 연습

1 그림을 보고 '-ㅂ니다/습니다'를 이용해서 이야기한 후에 쓰세요.

1) 가 : 무엇을 하실 겁니까?

　　나 : _____

　　가 : 이 신청서를 써 주십시오.

2) 가 : 어떻게 오셨습니까?

　　나 : 소포를 _____

　　가 : 어디로 보내실 겁니까?

　　나 : _____

3) 가 : 어떻게 오셨습니까?

　　나 : _____ 싶어요.

　　가 : 무엇으로 바꾸시겠습니까?

　　나 : 원으로 바꿔 주세요.

4) 가 : _____

　　나 : 영국으로 소포를 보내려고 합니다.

　　가 : 이 위에 올려놓으십시오. 24,000원입니다.

　　나 : _____

　　가 : 열흘쯤 걸립니다.

1 다음을 잘 읽고 내용이 맞으면 ○, 틀리면 ✕에 표시하세요.

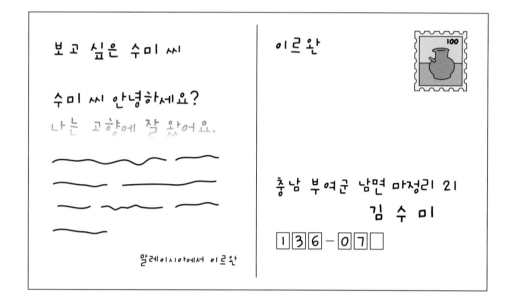

1) 이것은 소포예요.   O X

2) 이르완 씨가 수미 씨에게 보냈어요.   O X

3) 이르완 씨는 말레이시아에 있어요.   O X

쓰기 연습

1 다음은 마이클 씨가 오늘 한 일을 그린 그림입니다. 그림을 보고 마이클
씨에 대한 글을 쓰세요.

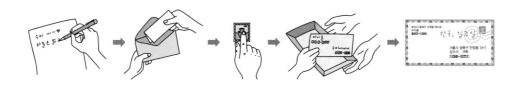

1) 다음 질문에 대답하세요.

(1) 마이클 씨는 무엇을 합니까?

_____

(2) 누구에게 썼습니까?

_____

(3) 어디에 보냅니까? 얼마나 걸립니까?

_____

2) 메모를 보고 '-ㅂ니다/습니다'를 이용해서 마이클 씨의 이야기를 쓰세요.

_____

_____

_____

_____

_____

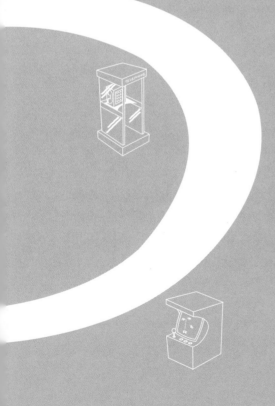

제15과 약국

학습 목표
약국에서 증상을 설명하고 약을 살 수 있다.

주제	약국
기능	증상 설명하기
	약 복용법 이해하기
연습	말하기 : 증세와 약 복용법에 대해 묻고 답하기
	읽기 : 감기에 걸린 경험에 대한 일기 읽기
	쓰기 : 아파서 진료를 받은 경험에 대한 일기 쓰기
어휘	신체, 증상
문법	-아/어/여도 되다, -(으)면 안 되다, -지 말다,
	-(으)ㄴ 후에, -기 전에

제15과 **약국**

어휘와 표현

1 그림을 보고 이야기한 후에 쓰세요.

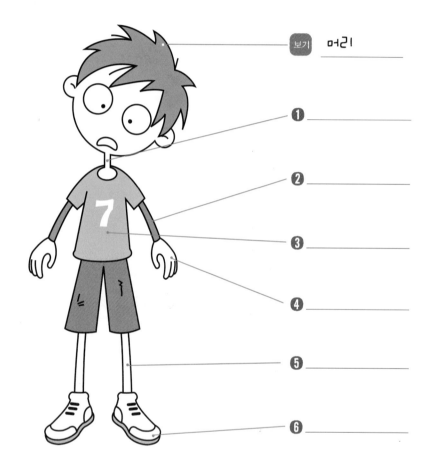

보기   머리 _____

❶ _____

❷ _____

❸ _____

❹ _____

❺ _____

❻ _____

2 그림을 보고 알맞은 말을 연결하세요.

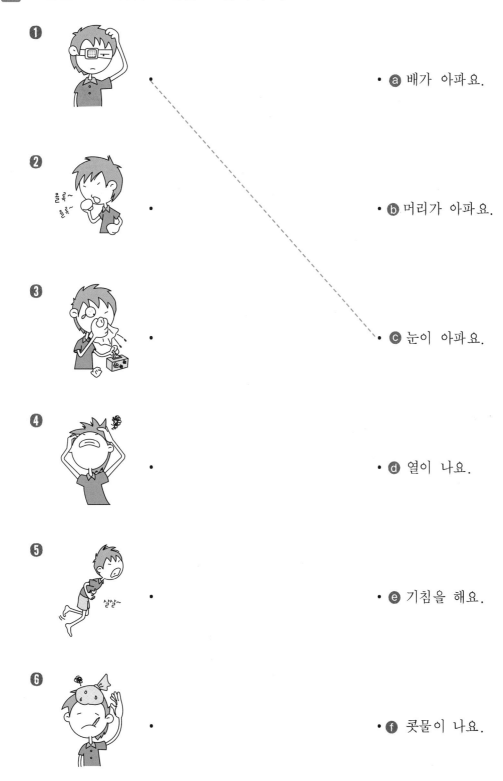

❶   •   • ⓐ 배가 아파요.

❷   •   • ⓑ 머리가 아파요.

❸   •   • ⓒ 눈이 아파요.

❹   •   • ⓓ 열이 나요.

❺   •   • ⓔ 기침을 해요.

❻   •   • ⓕ 콧물이 나요.

–아/어/여도 되다

1 〈보기〉와 같이 이야기한 후에 쓰세요.

> **보기**
>
> 여기에 앉다 ➡ 여기에 **앉아도 돼요?**
>
> 이 옷을 입다 ➡ 이 옷을 **입어도 돼요?**
>
> 여기에서 전화하다 ➡ 여기에서 **전화해도 돼요?**

❶ 오늘은 밥을 먹다 ➡ 오늘은 밥을 _____

❷ 밖에서 놀다 ➡ 밖에서 _____

❸ 커피를 마시다 ➡ 커피를 _____

❹ 운동을 하다 ➡ 운동을 _____

❺ 수영장에 가다 ➡ 수영장에 _____

❻ 담배를 피우다 ➡ 담배를 _____

❼ 영화를 보다 ➡ 영화를 _____

❽ 문을 열다 ➡ 문을 _____

❾ 여기에 전화번호를 쓰다 ➡ 여기에 전화번호를 _____

❿ 이 선물을 받다 ➡ 이 선물을 _____

2 이야기한 후에 쓰세요.

❶ 가 : 밥을 _____

　 나 : 네, 오늘부터는 밥을 드세요.

❷ 가 : 이 물을 _____

　 나 : 네, 드세요.

❸ 가 : 너무 더워요. _____

　 나 : 네, 창문을 여세요.

❹ 가 : 여기에서 음악을 _____

　 나 : 네, 음악을 들으세요.

❺ 가 : 내일도 학교에 와요?

　 나 : 아니요, 내일은 안 _____

❻ 가 : 너무 피곤해요. 일찍 집에 _____

　 나 : 네, 가세요.

❼ 가 : 다리가 너무 아파요. 잠깐 _____

　 나 : 네, 거기 앉으세요.

❽ 가 : 이 신문을 _____

　 나 : 네, 보세요.

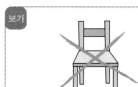

–(으)면 안 되다

1 그림을 보고 〈보기〉와 같이 이야기한 후에 쓰세요.

> 보기
>
> 가: 앉아도 돼요?
>
> 나: 아니요, **앉으면 안 돼요.**
>
> 가: 여기에서 노래를 해도 돼요?
>
> 나: 아니요, **노래를 하면 안 돼요**

①

가: 이 빵을 먹어도 돼요?

나: 아니요, _____

②

가: 주스를 마셔도 돼요?

나: 아니요, _____

③

가: 지금 창문을 열어도 돼요?

나: 아니요, _____

④

가: 여기에서 전화를 걸어도 돼요?

나: 아니요, _____

⑤

가: 여기에서 사진을 찍어도 돼요?

나: 아니요, _____

⑥

가: 여기에서 담배를 피워도 돼요?

나: 아니요, _____

2 〈보기〉와 같이 이야기한 후에 쓰세요.

책을 읽다 ➡ ⓐ 가 : 책을 읽어도 돼요?

나 : 네, 책을 읽어도 돼요

ⓑ 가 : 책을 읽어도 돼요?

나 : 아니요, 책을 읽으면 안 돼요.

❶ 돼지고기를 먹다 ➡ ⓐ 가 : _____

나 : 네, _____

ⓑ 가 : _____

나 : 아니요, _____

❷ 밖에서 놀다 ➡ ⓐ 가 : _____

나 : 네, _____

ⓑ 가 : _____

나 : 아니요, _____

❸ 담배를 피우다 ➡ ⓐ 가 : _____

나 : 네, _____

ⓑ 가 : _____

나 : 아니요, _____

❹ 사진을 찍다 ➡ ⓐ 가 : _____

나 : 네, _____

ⓑ 가 : _____

나 : 아니요, _____

✏️ –지 말다

1 그림을 보고 〈보기〉와 같이 이야기한 후에 쓰세요.

> 보기
>
> 담배를 <u>피우지 마세요</u>

❶ 밥을 _____

❷ 운동을 _____

❸ 창문을 _____

❹ 밖에 _____

❺ 사진을 _____

❻ 전화를 _____

🖊 -(으)ㄴ 후에

1 〈보기〉와 같이 이야기한 후에 쓰세요.

> **보기**
>
> 책을 읽다 ➡ 책을 읽은 후에
>
> 친구를 만나다 ➡ 친구를 만난 후에
>
> 요리를 만들다 ➡ 요리를 만든 후에

❶ 약을 먹다 ➡ _____

❷ 물을 마시다 ➡ _____

❸ 밖에서 놀다 ➡ _____

❹ 식사를 하다 ➡ _____

❺ 창문을 열다 ➡ _____

❻ 음악을 듣다 ➡ _____

❼ 옷을 입다 ➡ _____

❽ 친구를 만나다 ➡ _____

❾ 운동을 하다 ➡ _____

❿ 전화를 받다 ➡ _____

2 마이클 씨의 하루입니다. 그림을 보고 이야기한 후에 쓰세요.

❶ 가 : 언제 약을 먹었어요?

　　나 : _____ 약을 먹었어요.

❷ 가 : 언제 아침을 먹었어요?

　　나 : _____

❸ 가 : 언제 친구를 만났어요?

　　나 : _____

❹ 가 : 공부를 한 후에 친구를 만났어요?

　　나 : 아니요, _____ 공부를 했어요.

✏ -기 전에

1 이야기한 후에 쓰세요.

❶ 가 : 이 약을 어떻게 먹어야 돼요?

　　나 : 잠을 ＿＿＿＿＿＿＿＿＿＿＿＿＿＿＿＿ 드세요.

❷ 가 : 밥을 먹은 후에 약을 먹어야 해요?

　　나 : 아니요, 밥을 ＿＿＿＿＿＿＿＿＿＿＿＿ 먹어야 해요.

❸ 가 : 소화가 잘 안 돼요.

　　나 : 그러면 식사를 ＿＿＿＿＿＿＿＿＿＿ 물을 한 잔 드세요.

❹ 가 : 한국에 ＿＿＿＿＿＿＿＿＿＿＿＿＿＿＿＿ 뭘 했어요?

　　나 : 회사에 다녔어요.

❺ 가 : 언제 선생님에게 전화했어요?

　　나 : 학교에 ＿＿＿＿＿＿＿＿＿＿＿＿＿＿ 전화했어요.

❻ 가 : 청소를 ＿＿＿＿＿＿＿＿＿＿＿ 먼저 문을 여세요.

　　나 : 네, 문을 연 후에 청소할게요.

❼ 가 : 언제 약국에 갈까요?

　　나 : 집에 ＿＿＿＿＿＿＿＿＿＿＿＿＿＿

❽ 가 : 밥을 먹은 후에 샤워를 해요?

　　나 : 아니요, ＿＿＿＿＿＿＿＿＿＿＿＿＿ 샤워를 해요.

말하기 연습

1 그림을 보고 이야기한 후에 쓰세요.

1) 가 : 이 약은 어떻게 먹어야 해요?

　　나 : 밥을 ＿＿＿＿＿＿＿＿＿＿＿ 드세요.

2) 가 : 어떻게 아파요?

　　나 : ＿＿＿＿＿＿＿＿＿＿＿＿＿＿＿＿

　　가 : 감기에 걸렸어요. 이 약을 드세요.

3) 가 : 어제부터 계속 토해요.

　　나 : 배탈이 났어요. 이 약을 드세요.

　　가 : 밥을 ＿＿＿＿＿＿＿＿＿＿＿＿＿

　　나 : 안 돼요. 오늘은 밥을 먹지 마세요.

　　가 : 운동을 해도 돼요?

　　나 : ＿＿＿＿＿＿＿＿＿＿＿ 푹 쉬세요.

4) 가 : 어떻게 오셨어요?

　　나 : ＿＿＿＿＿＿＿＿＿＿＿ 기침을 해요.

　　가 : 머리도 아프세요?

　　나 : 네, ＿＿＿＿＿＿＿＿＿＿＿＿＿＿

　　가 : 감기에 걸렸어요. 이 약을 드세요.

　　나 : 밖에 ＿＿＿＿＿＿＿＿＿＿＿＿＿

　　가 : 오늘은 밖에 나가지 말고 집에서 쉬세요.

읽기 연습

1 다음은 마이클 씨의 일기입니다. 다음을 잘 읽고 내용이 맞으면 ○, 틀리면
×에 표시하세요.

> 어제 나는 명동에서 쇼핑을 했어요. 그런데 어제 날씨가
> 아주 추웠어요. 저녁부터 머리가 아프고 콧물이 났어요.
> 목도 아주 아팠어요. 나는 약을 먹은 후에 일찍 잤어요.
> 그렇지만 오늘 아침에도 많이 아팠어요. 오후에는 병원에
> 갈 거예요.

1) 나는 배탈이 났어요.　　　　　　　　　　　　　　○ ×

2) 나는 어제 아파서 일찍 잤어요.　　　　　　　　　○ ×

3) 나는 약을 먹은 후에는 안 아팠어요.　　　　　　○ ×

쓰기 연습

1 다음은 린다 씨의 하루입니다. 다음 그림을 보고 여러분이 린다 씨가 되어 오늘 일을 일기로 쓰세요.

1) 다음 질문에 대답하세요.

(1) 어디가 아파요?

_____

(2) 왜 아팠어요?

_____

(3) 아파서 어떻게 했어요?

_____

(4) 어떻게 해야 돼요?

_____

2) 위의 메모를 보고 일기를 쓰세요.

_____

_____

_____

_____

_____

_____

_____

종합 연습 III

1 〈보기〉와 같이 단어 뒤에 오는 동사가 다른 것을 고르세요.

보기

❶ 축구   ❷ 수영   ❸ 사진   ❹ 운전

1) ❶ 테니스   ❷ 볼링   ❸ 탁구   ❹ 그림

2) ❶ 통장   ❷ 엽서   ❸ 소포   ❹ 편지

3) ❶ 열   ❷ 콧물   ❸ 토   ❹ 배탈

2 〈보기〉와 같이 [   ] 와 관계있는 명사를 고르세요.

보기

봄 – 여름 – 가을 – 겨울

❶ 장소   ❷ 계절   ❸ 음식   ❹ 나라

1) 영화 보는 것 – 그림 그리는 것 – 사진 찍는 것

❶ 음식   ❷ 취미   ❸ 계절   ❹ 교통

2) 어머니 – 딸 – 아들

❶ 전화   ❷ 교통   ❸ 가족   ❹ 직업

3) 야구 – 수영 – 축구

❶ 직업   ❷ 위치   ❸ 나라   ❹ 운동

3 다음 밑줄에 알맞은 말을 고르세요.

1) 가 : 미라 씨, 운동을 자주 해요?

　　나 : 아니요, 전 운동을 싫어해요. 그래서 ＿＿＿＿＿ 안 해요.

　　❶ 가끔　　　　　　❷ 전혀　　　　　　❸ 오래　　　　　　❹ 계속

2) 가 : 거기 수미 씨 집이지요?

　　나 : 아닌데요, 잘못 ＿＿＿＿＿＿.

　　❶ 보냈어요　　　　❷ 걸었어요　　　　❸ 받았어요　　　　❹ 주었어요

3) 가 : 수미 씨는 할머니도 계세요?

　　나 : 아니요, 안 계세요. 작년에 ＿＿＿＿＿＿.

　　❶ 드셨어요　　　　❷ 편찮으셨어요　　❸ 돌아가셨어요　　❹ 말씀하셨어요

4 다음 밑줄에 알맞은 말을 고르세요.

1) 가 : 누구＿＿＿＿ 책이에요?

　　나 : 내 책이에요.

　　❶ 에　　　　　　　❷ 의　　　　　　　❸ 으로　　　　　　❹ 에서

2) 가 : 요리하는 것을 좋아해요?

　　나 : 저는 요리하는 것＿＿＿＿ 먹는 것을 더 좋아해요.

　　❶ 도　　　　　　　❷ 을　　　　　　　❸ 보다　　　　　　❹ 에게

3) 가 : 이 신문 누가 봤어요?

　　나 : 할아버지＿＿＿＿ 보셨어요.

　　❶ 를　　　　　　　❷ 께　　　　　　　❸ 까지　　　　　　❹ 께서

5 다음 ⬚ 의 단어를 알맞은 형태로 바꾸어 밑줄에 쓰세요.

1) ⬚ 전화하다 ⬚

가 : 김 선생님은 안 계세요. 실례지만 누구세요?

나 : 저는 마이클인데요. 나중에 다시 _____

2) ⬚ 피우다 ⬚

가 : 여기에서 담배를 _____ 밖에서 피우세요.

나 : 미안해요.

3) ⬚ 먹다 ⬚

가 : 오늘부터 밥을 _____

나 : 안 돼요. 오늘도 먹지 마세요. 내일부터 드세요.

6 〈보기〉와 같이 ⬚ 의 표현을 이용해서 문장을 만드세요.

보기

나, 수영, 잘, 하다

나는 수영을 잘 해요.

1) 나, 취미, 운동하다

_____

2) 할아버지, 저녁, 먹다

_____

3) 감기에 걸리다, 운동, 못, 하다

_____

7 대화의 밑줄에 알맞은 표현을 고르세요.

1) 가 : 전화번호가 _____?

　　나 : 삼이구공에 이구칠이예요.

　　❶ 얼마예요　　　　　❷ 바꿔 주세요　　　　❸ 어떻게 돼요　　　　❹ 가르쳐 주세요

2) 가 : 영화를 얼마나 자주 봐요?

　　나 : _____.

　　❶ 한 달쯤 걸릴 거예요　　　　　　　　❷ 한 달에 한 번쯤 봐요

　　❸ 친구를 만나기 전에 봤어요　　　　　❹ 친구를 만난 후에 보고 싶어요

3) 가 : 어떻게 아프십니까?

　　나 : 감기에 걸렸어요. 목이 아프고 _____.

　　❶ 약을 먹어요　　　　❷ 기침이 나요　　　　❸ 집에서 쉬어요　　　　❹ 배탈이 나요

8 그림을 보고 밑줄에 알맞은 표현을 쓰세요.

1)

가 : 여보세요. 거기 수미 씨 _____

나 : 그런데요. 실례지만 누구세요?

가 : 저는 마이클인데요. 수미 씨 있어요?

나 : 네, 있는데요.

가 : 수미 씨 좀 _____

나 : 잠깐만 기다리세요.

2)

가 : 취미가 뭐예요?

나 : 제 취미는 _____

가 : 얼마나 자주 찍어요?

나 : _____

9 다음 문장의 순서를 바꿔 자연스러운 대화를 만드세요.

1) 가 : 일주일쯤 걸릴 겁니다.

나 : 중국으로 소포를 보내려고 합니다.

다 : 중국까지 얼마나 걸립니까?

라 : 뭘 하실 겁니까?

마 : 여기에 올려놓으십시오. 15,800원입니다.

라 – (   ) – (   ) – 다 – (   )

2) 가 : 어제 저녁부터 아팠어요.

나 : 목이 아프고 기침을 해요.

다 : 감사합니다. 안녕히 계세요.

라 : 그럼 이 약을 드셔 보세요.

마 : 그리고 오늘은 푹 쉬세요.

바 : 어떻게 아프십니까?

사 : 언제부터 아팠습니까?

바 – (   ) – (   ) – 가 – (   ) – (   ) – 다

10 다음을 읽고 질문에 답하세요.

1) 아래 글의 밑줄에 알맞은 말을 고르세요.

통장을 만들고 싶습니까? 신청서에 이름, 주소, 비밀 번호 등을 쓰십시오. 그리고 서명을 하면 됩니다. _____ 5분쯤 후에 통장을 받을 수 있습니다.

❶ 통장을 만든 후에

❷ 통장을 쓴 후에

❸ 신청서를 만든 후에

❹ 신청서를 쓴 후에

2) 아래 글의 ⓐ 가 어디인지 고르세요.

아프면 병원에 가야 합니다. 그리고 ⓐ 여기에 가서 약을 삽니다. 약을 먹은 후에는 푹 쉬어야 합니다.

❶ 병원   ❷ 약국   ❸ 식당   ❹ 집

11 다음을 읽고 질문에 답하세요.

안녕하세요. 린다 씨.

그동안 잘 있었어요?

ⓐ 답장이 늦어서 미안해요. 지난주에 조금 바빴어요.

오늘은 우리 가족을 소개할게요. 우리 가족은 할아버지, 할머니,

아버지, 어머니, 누나, 그리고 저 이렇게 여섯 명이에요.

할아버지와 할머니께서는 운동하는 것을 좋아하세요. 그래서 자주

운동을 하세요. 부모님께서는 회사에 다니세요. 그리고 누나는 대

학생이에요.

우리 가족은 여행하는 것을 좋아해요. 그래서 자주 여행을 해요.

린다 씨의 가족은 몇 명이에요? 린다 씨의 가족 이야기를 해

주세요. 그럼 안녕히 계세요.

　　　　　　　　　　　　　　　　　　　　서울에서 영수

1) 위 글의 종류로 알맞은 것을 고르세요.

❶ 일기　　　　　❷ 안내　　　　　❸ 편지　　　　　❹ 소포

2) 밑줄 친 ⓐ의 이유를 위 글에서 찾아 쓰세요.

_____ 답장이 늦었어요.

3) 글의 내용과 같은 것을 고르세요.

❶ 영수 씨는 지금 대학생이에요.

❷ 영수 씨 어머니는 주부세요.

❸ 영수 씨의 가족은 자주 여행을 해요.

❹ 영수 씨 부모님의 취미는 운동하는 것이에요.

정 답

한글 익히기

모음
P.8~9

✏️ 모음 1

3 ㅓ, ㅗ, ㅛ, ㅠ, ㅡ

✏️ 모음 2

3 ❶ ㅏ, ㅐ, ㅣ ❷ ㅓ, ㅔ, ㅣ ❸ ㅣ

자음
P.10~11

✏️ 자음 1

3 ❶ ㄴ, ㄹ, ㅁ ❷ ㅊ, ㅋ, ㅍ, ㅎ

음절의 구성
P.12~15

✏️ 음절의 구성 1

5 ❶ 가수 ❷ 우리 ❸ 나무
❹ 하루 ❺ 야자 ❻ 파도
❼ 도토리 ❽ 어머나 ❾ 고사리
❿ 소쿠리

✏️ 음절의 구성 2

3 ❶ 책 ❷ 시험 ❸ 일곱
❹ 고양이 ❺ 딸기 ❻ 행복
❼ 복숭아 ❽ 창문 ❾ 빵가게
❿ 책상 ⓫ 달리기 ⓬ 발명가

읽기 연습
P.16~18

✏️ 단어 읽기

2 ❷ ⓒ ❸ ⓐ ❹ ⓒ
❺ ⓒ ❻ ⓑ

3

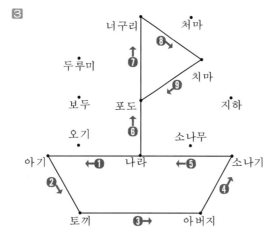

4

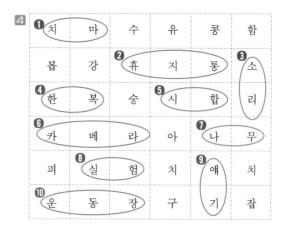

제1과 자기소개

어휘와 표현
P.28

1 ❶ 영국 사람 ❷ 중국 사람 ❸ 태국 사람
❹ 일본 사람 ❺ 호주 사람 ❻ 미국 사람

2 ❷ ⓒ ❸ ⓐ ❹ ⓑ

문법
P.29~31

✏️ -은/는 -이에요/예요

1 ❶ 사토 씨는 일본 사람이에요.
❷ 투이 씨는 회사원이에요.
❸ 왕웨이 씨는 의사예요.
❹ 린다 씨는 선생님이에요.
❺ 이완은 학생이에요.
❻ 마이클은 미국 사람이에요.

✏️ -이에요/예요

1 ❶ 중국 사람이에요.
❷ 말레이시아 사람이에요.
❸ 의사예요.
❹ 학생이에요.
❺ 왕웨이예요.
❻ 린다 테일러예요.

2 ❶ 학생이에요.
❷ 회사원이에요.
❸ 의사예요.
❹ 선생님이에요.
❺ 린다 테일러예요.
❻ 사토 유이치예요.
❼ 간율란이에요.
❽ 왕미미이에요.

🖊 –은/는

1 **❶** 는	**❷** 은	**❸** 는
❹ 는	**❺** 은	**❻** 은

말하기 연습   P.32

1 1) 안녕하세요.

2) 안녕하세요. 저는 김영진이에요.

3) 일본에서 왔어요.

4) 네, 학생이에요.

5) 만나서 반갑습니다.

6) 진보금입니다.

    중국에서 왔어요.

    네, 학생이에요.

    만나서 반갑습니다.

읽기 연습   P.34

1 1) ○   2) ○   3) ×

쓰기 연습   P.35

1 1) (1) 저는 사토 유이치예요.

    (2) 저는 일본에서 왔어요.

    (3) 저는 일본어 선생님이에요.

2) 안녕하세요. 저는 사토 유이치예요. 일본에서
왔어요. / 일본 사람이에요. 저는 일본어
선생님이에요. 만나서 반갑습니다.

제2과 일상생활 I

어휘와 표현   P.38

1 **❷** 집	**❸** 식당	**❹** 가게
❺ 우체국	**❻** 은행	
2 **❷** ⓐ	**❸** ⓓ	**❹** ⓔ
❺ ⓑ	**❻** ⓒ	

문법   P.39~42

🖊 한국어의 어순

1 **❶** 수미 씨는 친구를 만나요.

❷ 린다 씨는 운동을 해요.

❸ 마이클 씨는 영화를 봐요.

❹ 영진 씨는 시계를 사요.

❺ 선생님은 커피를 마셔요.

❻ 마리아 씨는 한국어를 공부해요.

🖊 –아/어/여요

1 **❶** 읽어요	**❷** 먹어요
❸ 앉아요	**❹** 가요
❺ 만나요	**❻** 와요
❼ 봐요	**❽** 마셔요
❾ 써요	**❿** 공부해요

🖊 –을/를

1 **❶** 를	**❷** 을
❸ 를	**❹** 를
❺ 을	**❻** 를
2 **❶** 를	**❷** 를
❸ 을 먹어요.	**❹** 를 만나요.
❺ 책을 읽어요.	**❻** 음악을 들어요.

🖊 –에 가다

1 **❶** 식당에 가요.

❷ 집에 가요.

❸ 가게에 가요.

❹ 어디에 가요?

    은행에 가요.

❺ 어디에 가요?

    회사에 가요.

말하기 연습   P.43

1 **❶** 에 가요.

❷ 를 공부해요.

❸ 네, 음악을 들어요.

❹ 극장에 가요.

    영화를 봐요.

읽기 연습   P.44

1 1) ○   2) ×   3) ○

쓰기 연습   P.45

1 1) (1) 마이클 씨는 오늘 식당에 가요.

       집에 가요.

    (2) 밥을 먹어요.

       공부를 해요.

2) 마이클 씨는 오늘 식당에 가요. 밥을 먹어요.
마이클 씨는 집에 가요. 공부를 해요.

제3과 물건 사기

❶ ❷ 빵   ❸ 우유   ❹ 휴지
     ❺ 칫솔   ❻ 비누

❷ ❶ 삼   ❷ 칠, 구
     ❸ 둘, 셋   ❹ 여섯, 여덟

❸ ❶ 10   ❷ 백   ❸ 만
     ❹ 십만   ❺ 이백칠십   ❻ 삼백오십구
     ❼ 8061   ❽ 41100

❹ ❷ 850원   ❸ 630원   ❹ 420원
     ❺ 1,900원   ❻ 700원

-(으)세요

❶ ❶ 우유 주세요.   ❷ 과자 주세요.
     ❸ 라면 주세요.   ❹ 주스 주세요.
     ❺ 휴지 주세요.   ❻ 칫솔 주세요.

❷ ❶ 읽으세요.
       책을 읽으세요.
     ❷ 앉으세요.
     ❸ 전화하세요.
     ❹ 텔레비전을 보세요.
     ❺ 공부하세요.
     ❻ 음악을 들으세요.

-하고, -와/과

❶ ❶ 하고, 와   ❷ 하고, 과
     ❸ 비누하고, 비누와   ❹ 연필하고, 연필과

수량 명사

❶ ❷ ⓐ   ❸ ⓑ   ❹ ⓓ

❷ ❶ 두   ❷ 세
     ❸ 네   ❹ 다섯

❸ ❶ 과자 두 개 주세요.
     ❷ 빵 다섯 개 주세요.
     ❸ 주스 한 병 주세요.
     ❹ 책 세 개 주세요./
       책 세 권 주세요.
     ❺ 한 마리 있어요.
     ❻ 두 명 있어요.

❶ 1) 우유
    2) 세 개 주세요.
    3) 얼마예요?
    4) 빵 두 개하고/ 빵 두 개와
       모두 2,800원이에요.

❶ 1) ○   2) ○   3) ×

❶ 1) (1) 린다 씨는 가게에 가요.
      (2) 라면하고 사과를 사요./
         라면과 사과를 사요./
         라면 두 개하고 사과 세 개를 사요./
         라면 두 개와 사과 세 개를 사요.
      (3) 모두 3,500원이에요.
    2) 린다 씨는 가게에 가요. 린다 씨는 라면하고
      사과를 사요. 라면 두 개는 1,500원이에요.
      사과 세 개는 2,000원이에요. 모두 3,500원
      이에요.

제4과 일상생활 II

❶ ❶ 한 시예요.
     ❷ 여덟 시 십오 분이에요.
     ❸ 다섯 시 오 분이에요.
     ❹ 세 시 삼십 분이에요./ 세 시 반이에요.
     ❺ 일곱 시 사십 분이에요.
     ❻ 열한 시 오십 오분이에요.

❷ ❶ 네 시, 여섯 시
     ❷ 아홉 시, 열 시
     ❸ 오후
     ❹ 점심
     ❺ 어제, 내일

❸ ❶ 일어나요.
     ❷ 출근해요.
     ❸ 일해요.
     ❹ 운동해요.

문법   P.62~69

✏️ -았/었/였어요

1 ❶ 밥을 먹었어요.
　 ❷ 옷을 입었어요.
　 ❸ 한국에 살았어요.
　 ❹ 편지를 받았어요.
　 ❺ 일했어요.
　 ❻ 수업이 시작되었어요.
　 ❼ 수업이 끝났어요.
　 ❽ 일기를 썼어요.
　 ❾ 커피를 마셨어요.
　 ❿ 음악을 들었어요.

2 ❷ 가요.
　 ❸ 마셨어요.
　 ❹ 만나요.
　 ❺ 봤어요.
　 ❻ 살아요.

3 ❶ 갔어요./ 학교에 갔어요.
　 ❷ 공부했어요.
　 ❸ 만났어요.
　 ❹ 갔어요?

✏️ 안

1 ❶ 밥을 안 먹어요.
　 ❷ 음악을 안 들어요.
　 ❸ 공부 안 해요./ 공부를 안 해요.
　 ❹ 전화 안 했어요./ 전화를 안 했어요.
　 ❺ 안 봤어요./ 영화를 안 봤어요.
　 ❻ 안 만났어요./ 친구를 안 만났어요.

2 ❶ 안 가요.
　 ❷ 안 마셔요.
　 ❸ 없어요.
　 ❹ 몰라요.
　 ❺ 만났어요./ 친구를 만났어요.
　　 봤어요.
　 ❻ 안 했어요?
　　 전화 안 했어요.

✏️ -에(시간)

1 ❶ 세 시에　❷ 여덟 시에　❸ 다섯 시에
　 ❹ 오전에　❺ 일요일에　❻ 아침에
　 ❼ 오늘　❽ 어제 저녁에

2 ❶ 가 : 몇 시에 일어나요?
　　 나 : 아침 일곱 시에 일어나요.
　 ❷ 가 : 언제 신문을 읽어요?
　　 나 : 어제 저녁에 읽었어요.
　 ❸ 가 : 언제 운동을 해요?
　　 나 : 아침에 운동을 해요.
　 ❹ 가 : 몇 시에 친구를 만나요?
　　 나 : 어제 저녁 7시에 친구를 만났어요.
　 ❺ 가 : 몇 시에 회사에 출근해요?
　　 나 : 오전 여섯 시 반에 출근해요.

✏️ -에서

1 ❶ 식당에서
　 ❷ 극장에서
　 ❸ 우체국에서
　 ❹ 커피숍에서
　 ❺ 가게에서
　 ❻ 백화점에서

2 ❶ 도서관에서 한국어를 공부해요.
　 ❷ 시장에서 사과를 사요.
　 ❸ 공원에서 운동을 해요.
　 ❹ PC방에서 이메일을 보내요.
　 ❺ 나는 도서관에 가요.
　 ❻ 공원에서 친구를 만나요.

3 ❶ 에서 밥을 먹어요.
　 ❷ 에서
　　 에서 공부해요.
　 ❸ 회사에서
　 ❹ 극장에서

말하기 연습   P.70

1 1) 안 갔어요. 집에서 텔레비전을 봤어요.
　 2) 몇 시예요?
　 3) 9시에
　 4) 만났어요.
　　 커피숍에 갔어요./ 같이 커피숍에 갔어요.
　 5) 에 일어났어요.
　　 편지를 썼어요.
　　 영화를 봤어요./ 극장에서 영화를 봤어요.

읽기 연습   P.71

1 1) ○　　　　2) ×　　　　3) ×

쓰기 연습

P.72~73

1

시간	어디에서	무엇을
아침	학교	공부
점심	식당	밥
저녁	커피숍	커피

1) (1) 아침에 학교에 갔어요.
　　　학교에서 공부를 했어요.
　(2) 점심에 식당에 갔어요.
　　　식당에서 밥을 먹었어요.
　(3) 저녁에 커피숍에 갔어요.
　　　친구하고 커피를 마셨어요.

2) 저는 어제 아침에 학교에 갔어요. 학교에서
　공부를 했어요. 점심에 식당에 갔어요. 식당
　에서 밥을 먹었어요. 저녁에 커피숍에 갔어
　요. 친구하고 같이 커피를 마셨어요.

제5과 위치

어휘와 표현
P.76~77

1 **2** ⓔ　　　**3** ⓓ　　　**4** ⓑ
　　5 ⓕ　　　**6** ⓐ
2 **2** ⓒ　　　**3** ⓑ　　　**4** ⓐ
　　5 ⓕ　　　**6** ⓓ
3 **2** 안　　　**3** 밖/ 앞　　**4** 사이

문법
P.78~82

✏ -이/가

1 **1** 이　　　**2** 가　　　**3** 가
　　4 이　　　**5** 이　　　**6** 가
2 **1** 책상이　　**2** 의자가
　　3 시계가　　**4** 옷이
　　5 가방이　　**6** 전화가

✏ -에 있다 / 없다

1 **1** 에 있어요.
　　2 없어요./ 교실에 없어요.
　　3 없어요./ 교실에 없어요.
　　4 책상 위에 있어요.
　　5 어디에 있어요?
　　6 어디에 있어요?
　　　옆에 있어요./ 왼쪽에 있어요.

2 **1** 어디에 있어요?
　　　책상 위에 있어요.
　　2 어디에 있어요?
　　　위에 있어요.
　　3 어디에 있어요?
　　　창문 오른쪽에 있어요.
　　4 가방이 어디에 있어요?
　　　탁자와 침대 사이에 있어요./
　　　탁자 옆에 있어요./ 탁자 오른쪽에 있어요.
　　　침대 옆에 있어요./ 침대 왼쪽에 있어요.
　　5 책이 어디에 있어요?
　　　의자 옆에 있어요./ 의자 오른쪽에 있어요.

✏ -(으)로 가다

1 **1** 왼쪽으로　　**2** 똑바로
　　3 위로　　　　**4** 아래로
　　5 밖으로　　　**6** 안으로
2 **1** 가 : 어디에 있어요?
　　　나 : 사거리에서 오른쪽으로 가세요.
　　2 가 : 어디에 있어요?
　　　나 : 삼거리에서 오른쪽으로 가세요.
　　3 가 : 어디에 있어요?
　　　나 : 사거리에서 왼쪽으로 가세요.
　　4 가 : 어디에 있어요?
　　　나 : 사거리에서 똑바로 가세요.

말하기 연습
P.83

1 1) 가방 안에 있어요.
　　2) 교실에 없어요.
　　3) 은행 뒤에
　　4) 사거리에서 오른쪽으로
　　5) 어디에 있어요?
　　　고려대학교 오른쪽에 있어요./
　　　고려대학교 옆에 있어요.

읽기 연습
P.84

1 1) ✕　　　2) ✕　　　3) ○

쓰기 연습
P.85

1 1) (1) 침대　　(2) 책상　　(3) 탁자
　　2) (1) 의자가 책상 앞에 있어요.
　　　(2) 텔레비전이 탁자 위에 있어요.

(3) 가방이 침대 옆에 있어요./
　　가방이 침대 오른쪽에 있어요.

(4) 책이 의자 옆에 있어요./
　　책이 의자 오른쪽에 있어요.

3) 수미 씨의 방에는 침대와 탁자와 책상이 있
어요. 침대는 방 왼쪽에 있어요. 침대 오른
쪽에는 가방이 있어요. 침대 왼쪽에는 책상
이 있어요. 책상 앞에는 의자가 있어요. 의
자 옆에는 책이 있어요. 탁자는 방 오른쪽에
있어요. 탁자 위에는 텔레비전이 있어요.

종합 연습 I　　　　　P.86~91

어휘와 표현

1　1) ❷　　　　2) ❸　　　　3) ❸
2　1) ❹　　　　2) ❸　　　　3) ❹
3　1) ❸　　　　2) ❷　　　　3) ❷
4　1) ❶　　　　2) ❹　　　　3) ❸
5　1) 대학생이에요?
　　2) 안 봐요.
　　3) 만났어요?
6　1) 학교에서 한국어를 공부해요.
　　2) 사과 세 개를 사요./ 사과를 세 개 사요.
　　3) 책이 책상 위에 없어요.
7　1) ❷　　　　2) ❷　　　　3) ❶
8　1) 왕미미입니다.
　　　에서 왔어요.
　　　네, 학생이에요.
　　2) 영화를 봤어요.
　　　네, 재미있었어요.
9　1) (라) - (다) - (가) - (마) - (나)
　　2) (다) - (마) - (라) - (나) - (가)
10　1) 학생이에요. 2) ❸
11　1) ❶　　　　2) ❹

제6과 음식

어휘와 표현　　　　　P.94

1　❷ 비빔밥　　❸ 삼계탕　　❹ 김밥
　　❺ 불고기　　❻ 냉면
2　❷ e　　　　❸ a
　　❹ d　　　　❺ c

문법　　　　　P.95~99

-(으)ㄹ래요

1　❶ 불고기를 먹을래요.　❷ 주스를 마실래요.
　　❸ 영화를 볼래요.　　❹ 운동을 할래요.
　　❺ 친구를 만날래요.　❻ 친구와 놀래요.
　　❼ 의자에 앉을래요.　❽ 음악을 들을래요.
　　❾ 한국에서 살래요.　❿ 돈을 찾을래요.
2　❶ 먹을래요.　　　❷ 마실래요, 마실래요?
　　❸ 만들래요.　　　❹ 볼래요?
　　❺ 갈래요?　　　　❻ 앉을래요?
　　❼ 들을래요?　　　❽ 할래요?, 읽을래요.

-아/어/여요

1　❶ 같이 도서관에 가요.
　　❷ 같이 책을 읽어요.
　　❸ 같이 노래를 해요.
　　❹ 같이 이쪽에 앉아요.
2　❶ 커피를 마셔요./ 같이 커피를 마셔요.
　　❷ 먹어요.
　　❸ 영화를 봐요./ 같이 영화를 봐요.
　　❹ 공부해요.

-(으)로 가다

1　❶ 밥을 먹으러 가요.
　　❷ 돈을 찾으러 가요.
　　❸ 친구하고 놀러 가요.
　　❹ 가방을 사러 가요.
　　❺ 음악을 들으러 가요.
　　❻ 한국어를 공부하러 가요.
　　❼ 선생님에게 이야기하러 가요.
　　❽ 친구를 만나러 가요.
　　❾ 커피를 마시러 가요.
　　❿ 선물을 받으러 가요.
2　❶ 먹으러 가요.
　　❷ 읽으러 가요.
　　❸ 만나러 가요.
　　❹ 공부하러 가요./ 책을 읽으러 가요.
　　❺ 사러 갔어요.
　　❻ 영화를 보러 가요.
　　❼ 어디 가요?/ 뭐하러 가요?
　　　일하러 가요.
　　❽ 편지를 보내러

P.100

말하기 연습

1. 1) 김밥을 먹을래요.

   2) 매워요.

   3) 먹을래요?

      우리 비빔밥 먹어요.

   4) 뭐 먹을래요?

      뭐 먹을래요?

      갈비탕을 먹을래요.

      설렁탕 하나하고 갈비탕 하나

읽기 연습 P.101

1. 1) ○   2) ×   3) ×

쓰기 연습 P.102

1. 1) (1) 저는 김치찌개를 좋아해요.

      (2) 김치찌개는 조금 매워요.

      (3) 학교 앞 식당에서 친구하고 먹어요.

      (4) 정말 맛있어요.

   2) 저는 김치찌개를 좋아해요. 김치찌개는 조금
      매워요. 그런데 정말 맛있어요. 저는 보통
      학교 앞 식당에서 김치찌개를 먹어요. 내
      친구도 김치찌개를 정말 좋아해요. 그래서
      친구하고 같이 김치찌개를 먹으러 가요.

제7과 약속

어휘와 표현 P.106~107

1. ❶ 시월 십일

   ❷ 시월 십일일

   ❸ 시월 십삼일

   ❹ 시월 십사일

   ❺ 일요일

   ❻ 월요일

   ❼ 목요일

   ❽ 금요일

2. ❶ 유월 일일이에요.

   ❷ 삼월 이십사일이에요.

   ❸ 몇 월 며칠이에요?, 팔월 십칠일이에요.

   ❹ 몇 월 며칠이에요?, 오월 오일이에요.

   ❺ 몇 월 며칠이에요?, 유월 십육일이에요.

   ❻ 몇 월 며칠이에요?, 칠월 삼십일일이에요.

   ❼ 몇 월 며칠이에요?, 일월 팔일이에요.

   ❽ 몇 월 며칠이에요?, 십이월 이십사일이에요.

문법 P.108~113

✏️ **-(으)ㄹ 것이다**

1. ❶ 친구를 만날 거예요.

   ❷ 사진을 찍을 거예요.

   ❸ 친구들과 놀 거예요.

   ❹ 영화를 볼 거예요.

   ❺ 저녁을 먹을 거예요.

   ❻ 음악을 들을 거예요.

   ❼ 친구에게 전화를 걸 거예요.

   ❽ 돈을 찾을 거예요.

   ❾ 산책을 할 거예요.

   ❿ 여행을 할 거예요.

2. ❶ 할 거예요?

      만날 거예요.

   ❷ 갈 거예요?

      갈 거예요.

   ❸ 입을 거예요?

      입을 거예요.

   ❹ 먹을 거예요.

   ❺ 할 거예요?

      찍을 거예요.

   ❻ 할 거예요.

   ❼ 갈 거예요?

      갈 거예요?

   ❽ 뭐 할 거예요?

      하러 갈 거예요.

✏️ **-(으)ㄹ까요**

1. ❶ 여행을 갈까요?

   ❷ 우리집에서 놀까요?

   ❸ 주말에 만날까요?

   ❹ 책을 읽을까요?

   ❺ 이 음악을 들을까요?

   ❻ 커피를 마실까요?

   ❼ 수미 씨에게 전화를 걸까요?

   ❽ 공원에서 사진을 찍을까요?

   ❾ 학교에 공부하러 갈까요?

   ❿ 오후에 산책을 할 까요?

2. ❶ 갈까요?/ 같이 갈까요?

   ❷ 먹을까요?

   ❸ 들을까요?

   ❹ 이야기를 할까요?

   ❺ 할까요?

❻ 갈까요?

❼ 볼까요?/ 보러 갈까요?

❽ 할까요?/ 하러 갈까요?

마시러 가요.

🖊 -고 싶다

1 **❶** 가 : 무엇을 하고 싶어요?

나 : 음악을 듣고 싶어요.

❷ 가 : 무엇을 먹고 싶어요?

나 : 불고기를 먹고 싶어요.

❸ 가 : 어디에 가고 싶어요?

나 : 동대문 시장에 가고 싶어요.

❹ 가 : 누구를 만나고 싶어요?

나 : 부모님을 만나고 싶어요.

❺ 가 : 무엇을 하고 싶어요?

나 : 친구하고 놀고 싶어요.

2 **❶** 하고 싶어요?

❷ 찍고 싶어요.

❸ 쉬고 싶어요.

❹ 가고 싶어요.

❺ 듣고 싶어요.

❻ 가고 싶어요.

❼ 먹고 싶어요.

❽ 놀고 싶어요.

말하기 연습 ⠀⠀⠀⠀⠀⠀ P.114

1 1) 시간이 있어요?

2) 몇 월 며칠이에요?

3) 시간이 있어요?

영화를 볼까요?/ 영화를 보러 갈까요?

4) 만날까요?

어디에서 만날까요?

학교 앞에서

읽기 연습 ⠀⠀⠀⠀⠀⠀ P.115

1 1) ○ ⠀⠀⠀⠀ 2) × ⠀⠀⠀⠀ 3) ○

쓰기 연습 ⠀⠀⠀⠀⠀⠀ P.116~117

1 1) (1) 도서관에서 한국어 공부를 할 거예요.

(2) 1시에 수미 씨하고 점심을 먹을 거예요.

(3) 명동하고 동대문에서 쇼핑을 할 거예요.

(4) 빨래하고 청소를 할 거예요.

2) 나는 이번 주에 조금 바빠요. 내일은 도서관에서 한국어 공부를 할 거예요. 목요일에 수미 씨하고 1시에 점심을 먹을 거예요. 금요일에 명동하고 동대문에서 쇼핑을 할 거예요. 토요일에 집에서 빨래하고 청소를 할 거예요.

제8과 날씨

어휘와 표현 ⠀⠀⠀⠀⠀⠀ P.120

1 **❷** ⓓ – ❼ ⠀⠀ **❸** ⓑ – ⓔ ⠀⠀ **❹** ⓒ – ⓒ

2 **❷** 비가 와요. ⠀⠀ **❸** 맑아요. ⠀⠀ **❹** 추워요.

❺ 바람이 불어요. **❻**흐려요.

문법 ⠀⠀⠀⠀⠀⠀ P.121~127

🖊 -고

1 **❶** 날씨가 덥고 비가 와요.

❷ 날씨가 춥고 바람이 불어요.

❸ 날씨가 따뜻하고 꽃이 피어요.

❹ 눈이 많이 오고 추웠어요.

❺ 흐리고 바람이 불었어요.

❻ 시원하고 날씨가 맑았어요.

❼ 봄은 따뜻하고 가을은 시원해요.

❽ 도쿄는 춥고 시드니는 더워요.

❾ 서울은 날씨가 맑고 제주도는 날씨가 흐려요.

❿ 베이징은 바람이 불고 서울은 눈이 와요.

2 **❶** 눈이 오고 바람이 불어요.

❷ 서울은 눈이 오고 부산은 흐려요.

❸ 날씨가 맑고 따뜻해요.

❹ 춥고 눈이 왔어요.

❺ 제주도는 비가 오고 서울은 날씨가 맑아요.

❻ 소풍을 가고 등산을 해요.

❼ 공원에서 산책하고 책을 읽을 거예요.

❽ 운동을 하고 쉬었어요.

🖊 -아/어/여서

1 **❶** 날씨가 맑아서 ⠀⠀ **❷** 방학이 있어서

❸ 따뜻해서 ⠀⠀⠀⠀⠀⠀ **❹** 눈이 많이 와서

❺ 날씨가 너무 추워서 **❻** 머리가 아파서

2 **❶** 불어서 ⠀⠀⠀⠀⠀⠀⠀ **❷** 시원해서/ 좋아서

❸ 피어서 ⠀⠀⠀⠀⠀⠀⠀ **❹** 있어서

❺ 더워서/ 비가 많이 와서 **❻** 안 좋아서/ 나빠서

❼ 와서/ 놀러 와서 ⠀⠀⠀ **❽** 매워서

✏️ −지요

1 **①** 가 : 오늘 날씨가 좋지요?
　　　나 : 네, 좋아요.
② 가 : 지금 비가 오지요?
　　　나 : 아니요, 비가 안 와요.
③ 가 : 요즘 날씨가 춥지요?
　　　나 : 네, 추워요.
④ 가 : 어제 날씨가 맑았지요?
　　　나 : 네, 맑았어요.
⑤ 가 : 어제 바람이 불었지요?
　　　나 : 아니요, 안 불었어요.
⑥ 가 : 겨울을 좋아하지요?
　　　나 : 아니요, 안 좋아해요.

2 **①** 덥지요?
② 불지요?
③ 왔지요?
④ 흐렸지요?/ 안 좋았지요?
⑤ 좋아하지요?
⑥ 봤지요?
⑦ 맵지요?
⑧ 갔지요?/ 왔지요?/ 있었지요?

✏️ −ㅂ 불규칙

1 **①** 날씨가 추워요.
② 시험이 어려워요.
③ 꽃이 아름다워요.
④ 한국어가 쉬워요.
⑤ 하숙집이 가까워요.
2 **①** 춥지요?
② 싱거워요.
③ 무거워요.
④ 어려워요.

말하기 연습　　　　　　　　　　P.128

1 1) 맑아요.
2) 비가 오고 더워요./ 덥고 비가 와요.
3) 있었어요.
　　와서 산에 안 갔어요/
　　와서 집에 있었어요.
4) 저는 봄을 좋아해요
　　따뜻해서/ 좋아서
　　소풍을 가고

읽기 연습　　　　　　　　　　P.129

1 1) ×　　　　2) ○　　　　3) ×

쓰기 연습　　　　　　　　　　P.130~131

1 1) (1) 오늘 오전에는 아주 더웠어요.
　　(2) 수영장에 수영하러 갔어요.
　　(3) 오늘 오후에는 비가 왔어요.
　　(4) 집에 왔어요.
　　(5) 저녁에 집에서 텔레비전을 봤어요.
2) 오늘 오전에 아주 더웠어요. 수영장에 수영하러 갔어요. 그런데 오후에 비가 왔어요. 그래서 집에 왔어요. 저녁에 집에서 텔레비전을 봤어요.

제9과 주말 활동

어휘와 표현　　　　　　　　　　P.134

1 **②** 쉬어요.　　　**③** 빨래해요.
④ 청소해요.　　**⑤** 등산해요.
⑥ 쇼핑해요.
2 **①** 화요일, 수요일　　**②** 지난주, 다음 주
③ 이번 달, 다음 달　　**④** 작년, 올해

문법　　　　　　　　　　P.135~139

✏️ −(으)려고 하다

1 **①** 등산하려고 해요.
② 사진을 찍으려고 해요.
③ 음악을 들으려고 해요.
④ 친구 집에서 놀려고 해요.
⑤ 야구를 보러 가려고 해요.
⑥ 한국 여행을 하려고 해요.
⑦ 집에서 쉬려고 해요.
⑧ 신문을 읽으려고 해요.
2 **①** 공부하려고 해요.
② 가려고 해요./ 극장에 가려고 해요.
③ 구경하려고 해요.
④ 찍으려고 해요
⑤ 가려고 해요./ 놀러 가려고 해요.
⑥ 읽으려고 해요.
⑦ 사려고 했어요.
⑧ 읽으려고 했어요.

✏️ **–에 가서**

1 ❶ 인사동에 가서 구경을 해요.
❷ 극장에 가서 영화를 봐요.
❸ 공원에 가서 자전거를 타요.
❹ 운동장에 가서 야구를 봐요.
2 ❶ 가서, 찍을 거예요.
❷ 에 가서 공부할 거예요.
❸ 에 가서, 만날 거예요.
❹ 에 가서
❺ 미술관에 가서

✏️ **–아/어/여 보다**

1 ❶ 인사동을 구경해 봤어요.
❷ 아리랑 노래를 들어 봤어요.
❸ 한국 박물관에 가 봤어요.
❹ 한국 소설책을 읽어 봤어요.
❺ 북한산을 등산해 봤어요.
❻ 연애편지를 받아 봤어요.
❼ 한복을 입어 봤어요.
❽ 한국 요리를 만들어 봤어요.
❾ 한국에서 스키를 타 봤어요.
❿ 한국어로 노래를 해 봤어요.
2 ❶ 타 봤어요?
❷ 가 봤어요?
❸ 먹어 봤어요?
먹어 봤어요.
❹ 들어 봤어요?/ 해 봤어요?
들어 봤어요./ 해 봤어요.
❺ 여행해 봤어요?
❻ 가 봤어요?
가 봤어요.
❼ 가 보세요.
❽ 먹어 보세요.

말하기 연습   P.140

1 1) 영화를 볼 거예요./
영화를 보려고 해요./
영화를 보러 갈 거예요./
영화를 보러 가려고 해요.
2) 야구하러 갔어요./ 가서 야구를 했어요.
3) 가 봤어요?, 안 가 봤어요., 가 보세요.
4) 등산하러 갈 거예요., 가 봤어요?, 갈래요?

읽기 연습   P.141

1 1) ×   2) ○   3) ○

쓰기 연습   P.142~143

1 1) (1) 빨래하고 청소를 하려고 해요./
빨래를 하고 청소를 하려고 해요.
(2) 미술관에 가려고 해요. 그리고 인사동에
가려고 해요.
(3) 미술관에 가서 그림을 보려고 해요. 그
리고 인사동에 가서 삼계탕을 먹으려고
해요.
2) 이번 주말에 집에서 빨래하고 청소를 하려
고 해요. 그리고 미술관에 그림을 보러 가려
고 해요. 그리고 인사동에 가서 삼계탕을 먹
으려고 해요.

제10과 교통

어휘와 표현   P.146

1 ❷ 버스   ❸ 택시   ❹ 지하철
2 ❷ 지하철을 타고 와요.
❸ 걸어서 와요.
❹ 자전거를 타고 와요.
❺ 자동차를 타고 와요.
❻ 버스를 타고 와요.

문법   P.147~150

✏️ **–아/어/여야 되다/하다**

1 ❶ 버스를 타야 돼요./
버스를 타야 해요.
❷ 걸어서 가야 돼요./
걸어서 가야 해요.
❸ 지하철로 갈아타야 돼요./
지하철로 갈아타야 해요.
❹ 친구를 기다려야 돼요./
친구를 기다려야 해요.
❺ 한국말로 이야기해야 돼요./
한국말로 이야기해야 해요.
2 ❶ 지하철을 타야 돼요./
지하철을 타야 해요.
❷ 다음 버스를 타야 돼요./
다음 버스를 타야 해요.

❸ 열심히 공부해야 돼요./
　 열심히 공부해야 해요.
❹ 조금 쉬어야 돼요/
　 조금 쉬어야 해요.
❺ 약을 먹어야 돼요./
　 약을 먹어야 해요.
❻ 사전을 찾아봐야 돼요./
　 사전을 찾아봐야 해요.
❼ 오늘 일을 다 해야 돼요./
　 오늘 일을 다 해야 해요.

🖊 -에서 -까지

1️⃣ ❶ 집에서 학교까지 자전거를
❷ 학교 앞에서 종로까지 지하철을
❸ 집에서 학교까지 10분
❹ 학교에서 압구정역까지 30분
❺ 집에서 시장까지 걸어가요.
❻ 회사에서 집까지 한 시간 걸려요.
❼ 서울에서 제주도까지 비행기를 타고 가요.
❽ 학교에서 박물관까지 지하철 6호선을 타고
　 가요.
❾ 서울에서 부산까지 3시간 걸려요.
❿ 집에서 친구집까지 5분 걸려요.
2️⃣ ❶ 에서, 까지
❷ 에서, 까지
❸ 까지
❹ 에서
❺ 까지, 에서, 까지
❻ 에서, 까지, 에서, 까지
❼ 부터
❽ 부터, 까지

말하기 연습　　　　　　　　　P.151

1️⃣ 1) 타고 와요./ 타고 학교에 와요.
2) 어떻게 가요?/ 어떻게 가야 돼요?
3) 얼마나 걸려요?/ 시간이 얼마나 걸려요?
4) 걸어서 와요./ 기숙사에서 학교까지 걸어서
　 와요. 20분 걸려요.

읽기 연습　　　　　　　　　P.152

1️⃣ 1) ×　　　2) ○　　　3) ×

쓰기 연습　　　　　　　　　P.153

1️⃣ 1) 학교　　－　　걸어서　　－　　10분
　　명동　　－　　지하철　　－　　30분
　　동대문 시장 － 버스　　－　　20분
　　친구집　　－　　걸어서　　－　　5분
2) 나는 학교와 명동과 동대문 시장과 친구 집
　 에 자주 가요. 집에서 학교까지 걸어서 가
　 요. 10분 걸려요. 집에서 명동까지 지하철
　 을 타고 가요. 30분 걸려요. 집에서 동대문
　 시장까지 버스를 타고 가요. 20분 걸려요.
　 친구 집은 가까워요. 집에서 친구 집까지 걸
　 어서 5분 걸려요.

종합 연습 II　　　　　　P.154~159

1️⃣ 1) ❸　　　2) ❷　　　3) ❷
2️⃣ 1) ❶　　　2) ❷　　　3) ❸
3️⃣ 1) ❸　　　2) ❷　　　3) ❹
4️⃣ 1) ❷　　　2) ❹　　　3) ❸
5️⃣ 1) 만나러
2) 입어보세요.
3) 가요?/ 가야 돼요?
6️⃣ 1) 겨울방학에 스위스에 가서 스키를 탔어요/
　　겨울방학에 스위스에 가서 스키를 탈 거예요/
　　겨울방학에 스위스에 가서 스키를 타려고 해요/
　　겨울방학에 스위스에 가서 스키를 타고 싶어요
2) 날씨가 따뜻해서 봄을 좋아해요.
3) 집에서 학교까지 자전거를 타고 가요.
7️⃣ 1) ❷　　　2) ❸　　　3) ❹
8️⃣ 1) 뭐 했어요?
　　가서
　　가 봤어요?
　　가 보세요.
2) 시간이 있어요?
　 테니스를 칠래요?
　 10시가 어때요?
9️⃣ 1) (다)-(바)-(가)-(라)-(마)-(나)
2) (가)-(바)-(마)-(사)-(라)-(나)-(다)
1️⃣1️⃣ 1) ❸　　　2) ❹

제11과 전화

어휘와 표현　　　　　　　　　　　　P.162

1 ❷ 전화를 끊어요.

　❸ 전화를 걸어요.

　❹ 전화를 바꿔줘요.

　❺ 전화를 받아요.

　❻ 통화중이에요.

2 ❷ ⓒ　　　❸ ⓓ　　　❹ ⓐ

문법　　　　　　　　　　　　　　　P.163~168

–아/어/여 주세요

1 ❶ 전화번호 좀 가르쳐 주세요.

　❷ 미도리 씨 좀 바꿔 주세요.

　❸ 여기에 주소 좀 써 주세요.

　❹ 전화 좀 받아 주세요.

　❺ 사전 좀 빌려 주세요.

　❻ 나중에 전화해 주세요.

2 ❶ 바꿔 주세요.

　❷ 써 주세요.

　❸ 빌려 주세요.

　❹ 말해 주세요./ 이야기해 주세요.

　❺ 가르쳐 주세요./ 이야기해 주세요.

　❻ 기다려 주세요.

　❼ 보여 주세요.

　❽ 열어 주세요.

–(으)ㄹ 것이다(추측)

1 ❶ 전화를 걸 거예요.

　❷ 전화를 받을 거예요.

　❸ 지금 바쁠 거예요.

　❹ 집에 있을 거예요.

　❺ 한국에 살 거예요.

　❻ 날씨가 따뜻할 거예요.

　❼ 날씨가 맑을 거예요.

　❽ 영화가 재미있을 거예요.

　❾ 밖에 나갔을 거예요.

　❿ 어제 전화했을 거예요.

2 ❶ 잘 거예요.　　　❷ 먹을 거예요.

　❸ 갔을 거예요.　　❹ 읽었을 거예요.

　❺ 잘 만들 거예요.　❻ 추울 거예요.

–(으)ㄹ게요

1 ❶ 나중에 전화할게요.

　❷ 내가 전화를 받을게요.

　❸ 다음 주에 전화를 걸게요.

　❹ 여기에 앉을게요.

　❺ 내가 도와줄게요.

　❻ 여기에서 놀게요.

　❼ 내가 사진을 찍을게요.

　❽ 조금 더 기다릴게요.

　❾ 내가 가르쳐 줄게요.

　❿ 이 음악을 들을게요.

2 ❶ 다시 전화할게요.

　❷ 올게요.

　❸ 읽을게요.

　❹ 이야기할게요./ 말할게요.

　❺ 먹을게요.

　❻ 마실게요.

　❼ 살게요./ 선물할게요.

　❽ 갈게요.

말하기 연습　　　　　　　　　　　P.169

1 1) 네, 그런데요./ 네, 맞는데요.

　2) 전화번호가 어떻게 돼요?/
　　 전화번호가 몇 번이에요?

　3) 다시 전화할게요./ 제가 다시 전화할게요.

　4) 아닌데요. 잘못 걸었습니다. 여기는 고려대
　　 학교입니다.

　5) 거기 수미 씨 집이지요?/
　　 거기 삼이구의 일구공오지요?
　　 실례지만 누구세요?

읽기 연습　　　　　　　　　　　　P.170

1 1) ×　　　　2) ×　　　　3) ○

쓰기 연습　　　　　　　　　　　　P.171

1 1) (1) 수미 씨에게 전화를 걸었어요

　　 (2) 전화를 잘못 걸었어요./
　　　　 전화를 잘못 걸어서 다시 전화를 걸었어요.

　2) 수미 씨한테 전화를 걸었어요. 그런데 전화
　　 를 잘못 걸었어요. 그래서 다시 전화를 걸었
　　 어요. 수미 씨 집이 맞았어요. 그런데 수미
　　 씨가 집에 없었어요. 그래서 나중에 다시 전
　　 화를 걸었어요. 수미 씨가 받았어요.

제12과 **취미**

어휘와 표현 P.174

1 ❷ 우표를 모으는 것
   ❸ 그림을 그리는 것
   ❹ 요리를 하는 것/ 요리를 만드는 것
2 ❷ 거의 안   ❸ 전혀 안   ❹ 가끔

문법 P.175~181

✏ –는 것

1 ❶ 사진을 찍는 것을 좋아해요.
    취미는 사진을 찍는 거예요.
  ❷ 춤을 추는 것을 좋아해요.
    취미는 춤을 추는 거예요.
  ❸ 음악을 듣는 것을 좋아해요.
    취미는 음악을 듣는 거예요.
  ❹ 요리를 만드는 것을 좋아해요.
    취미는 요리를 만드는 거예요.
  ❺ 우표를 모으는 것을 좋아해요.
    취미는 우표를 모으는 거예요.
  ❻ 그림을 그리는 것을 좋아해요.
    취미는 그림을 그리는 거예요.
2 ❶ 한국 노래를 듣는 것이 재미있어요.
  ❷ 한국어를 말하는 것이 어려워요.
  ❸ 숙제를 하는 것이 힘들어요.
  ❹ 친구들하고 이야기하는 것을 좋아해요.
  ❺ 병원에 가는 것을 싫어해요.
  ❻ 선생님이 이야기하는 것을 잘 들어요.

✏ 못

1 ❶ 운전을 해요.   ❷ 컴퓨터를 해요.
  ❸ 그림을 못 그려요. ❹ 피아노를 못 쳐요.
  ❺ 자전거를 못 타요. ❻ 김치를 먹어요.
2 ❶ 김치를 못 먹어요.
  ❷ 피아노를 잘 쳐요.
  ❸ 수영을 못 해요.
  ❹ 친구를 못 만났어요.
  ❺ 전화를 못 했어요.
  ❻ 사진을 못 찍었어요.
  ❼ 안 좋아해요.
  ❽ 안 먹을래요.

✏ –보다

1 ❶ 민수가 영호보다 커요.
    영호가 민수보다 작아요.
  ❷ 주스가 물보다 비싸요.
    물이 주스보다 싸요.
  ❸ 한국보다 호주가 더워요.
    호주보다 한국이 추워요.
  ❹ 한국어가 수학보다 쉬워요.
    수학이 한국어보다 어려워요.
  ❺ 수미 씨 집보다 가까워요.
    린다 씨 집보다 멀어요.
2 ❶ 노래를 부르는 것보다 노래를 듣는 것을/
    노래를 듣는 것보다 노래를 부르는 것을
  ❷ 텔레비전을 보는 것보다 음악을 듣는 것을/
    음악을 듣는 것보다 텔레비전을 보는 것을
  ❸ 편지를 쓰는 것보다 이메일을 쓰는 것을/
    이메일을 쓰는 것보다 편지를 쓰는 것을
  ❹ 선물을 받는 것보다 선물을 주는 것을/
    선물을 주는 것보다 선물을 받는 것을
  ❺ 자전거를 타는 것보다 걸어가는 것을/
    걸어가는 것보다 자전거를 타는 것을
  ❻ 혼자 공부하는 것보다 친구하고 같이 공부
    하는 것을/ 친구와 같이 공부하는 것보다 혼
    자 공부하는 것을

✏ –에

1 ❶ 하루에 두 개   ❷ 일주일에 네 병
  ❸ 삼일에 한 번   ❹ 일주일에 열 번
  ❺ 한 달에 여섯 권 ❻ 일 년에 한 번
2 ❶ 하루에 세 잔 마셔요.
  ❷ 하루에 네 시간 공부해요.
  ❸ 하루에 다섯 번 체크해요.
  ❹ 이주일에 한 번 전화해요.
  ❺ 세 달에 한 번 봐요.

말하기 연습 P.182

1 1) 음악을 듣는 거예요.
  2) 공부하는 것이
  3) 피아노를 못 쳐요./ 피아노를 잘 못 쳐요.
  4) 보는 것을, 영화 보는 것보다
  5) 찍는 거예요./ 찍는 것을 좋아해요.
    일주일에 한 번

244

읽기 연습
P.183

1 1) ○ 2) × 3) ×

쓰기 연습
P.184~185

1 1) (1) 저는 운동을 하는 것을 좋아해요./
　　　제 취미는 운동을 하는 거예요.
　　(2) 저는 축구를 제일 좋아해요.
　　(3) 일주일에 세 번쯤 해요.
　　(4) 친구들하고 같이 운동을 해요.
　　(5) 학교 운동장에서 운동을 해요.
　2) 제 취미는 운동하는 거예요. 저는 축구를 제
　　일 좋아해요. 그래서 저는 축구를 일주일에
　　세 번쯤 해요. 학교 운동장에서 친구들하고
　　같이 운동을 해요. 축구하는 것은 정말 재미
　　있어요.

제13과 가족

어휘와 표현
P.188

1 ❶ 할아버지 ❷ 외할머니 ❸ 아버지
　❹ 어머니 ❺ 오빠 ❻ 언니
　❼ 남동생 ❽ 여동생
2 ❷ ⓕ ❸ ⓐ ❹ ⓔ
　❺ ⓓ ❻ ⓑ

문법
P.189~194

✎ -(으)시

1 ❶ 읽으세요. ❷ 읽으실 거예요.
　❸ 하셨어요. ❹ 하실 거예요.
　❺ 만드세요. ❻ 만드셨어요.
　❼ 들으셨어요. ❽ 들으실 거예요.
2 ❶ 다니세요.
　❷ 좋아하세요.
　❸ 뭐하세요?
　　하세요.
　❹ 읽으세요?
　　보세요.
　❺ 사세요.
　❻ 하실 거예요?
　❼ 하셨어요?
　　일하셨어요.
　❽ 오실 거예요.
　❾ 가르치셨어요?

✎ 경어 어휘

1 ❷ 댁에 ❸ 마셔요. ❹ 주무세요.
　❺ 이름은 ❻ 계세요.
2 ❷ 할아버지가 주무세요.
　❸ 할아버지가 편찮으세요.
　❹ 할머니가 커피를 드세요./
　　할머니가 차를 드세요.
　❺ 할머니가 말씀하세요.
　❻ 할머니가 돌아가셨어요.

✎ -께서, -께서는, -께

1 ❶ 께서 ❷ 께 ❸ 께서는
　❹ 께 ❺ 께서는 ❻ 께서는
　❼ 께서는 ❽ 께 ❾ 께서는
　❿ 께서는, 께서는
2 ❶ 어머니께서 책을 읽으세요.
　❷ 아버지께 전화를 했어요.
　❸ 할머니께 선물을 드렸어요.
　❹ 할아버지께서 이야기를 하실 거예요.
　❺ 선생님께 이야기를 할 거예요.
　❻ 할머니께서 집에 계실 거예요.
　❼ 할아버지께서 밥을 드셨어요.
　❽ 어머니께서 편찮으세요.

✎ -의

1 ❶ 어머니의 ❷ 린다의 ❸ 내
　❹ 내 ❺ 우리 ❻ 우리

말하기 연습
P.195

1 1) 다섯 명이에요.
　　할머니, 아버지, 어머니, 형
　2) 회사원이세요./ 회사에 다니세요.
　　선생님이세요.
　3) 저만 한국에/ 한국에 안
　　중국에 사세요.
　4) 아버지, 어머니, 누나, 나
　　께서는 의사이세요.
　　께서는 회사원이세요

읽기 연습
P.196

1 1) ○ 2) ○ 3) ×

쓰기 연습 P.197

1 1) (1) 네 명이에요.

　　(2) 할머니, 아버지, 어머니, 수미 씨가 있어요.

　　(3) 할머니는 산책하는 것을 좋아하세요.

　　　　아버지는 선생님이세요.

　　　　아버지는 등산하는 것을 좋아하세요. /

　　　　아버지의 취미는 등산하는 거예요.

　　　　어머니는 회사원이세요.

　　　　수미 씨는 대학생이에요.

2) 수미 씨의 가족은 할머니, 아버지, 어머니, 수미 씨 모두 네 명이에요. 수미 씨의 할머니는 산책하는 것을 좋아하세요. 수미 씨의 아버지는 선생님이시고, 등산하는 것을 좋아하세요. 수미 씨의 어머니는 회사원이시고 수미 씨는 대학생이에요.

제14과 우체국 · 은행

어휘와 표현 P.200

1 ❷ 엽서

　❸ 소포

　❹ 통장

　❺ 도장

　❻ 현금 카드

2 ❷ 서명해요.

　❸ 돈을 바꿔요.

　❹ 편지를 보내요.

　❺ 봉투에 넣어요.

　❻ 편지를 써요.

문법 P.201~206

✎ –ㅂ니다/습니다, –ㅂ니까/습니까

1 ❶ 읽습니까?, 읽습니다.

　❷ 앉습니까?, 앉습니다.

　❸ 봅니까?, 봅니다.

　❹ 듣습니까?, 듣습니다.

　❺ 전화합니까?, 전화합니다.

　❻ 씁니까?, 씁니다.

　❼ 삽니까?, 삽니다.

2 ❶ 합니까?

　❷ 찾습니까?

　❸ 만듭니까?

　❹ 합니까?, 읽습니다.

　❺ 했습니까?

　❻ 삽니까?

　❼ 합니까?, 다닙니다.

　❽ 갑니까?, 학교에 갑니다. /

　　학교에 가서 공부를 합니다.

✎ –(으)십시오

1 ❶ 하십시오.

　❷ 붙이십시오.

　❸ 찍으십시오.

　❹ 쓰십시오.

　❺ 찾으십시오.

　❻ 바꾸십시오.

2 ❶ 신청서에 서명하십시오.

　❷ 현금카드를 만드십시오.

　❸ 여기에 앉으십시오.

　❹ 여권을 보여 주십시오.

　❺ 이 통장을 받으십시오.

　❻ 달러를 원으로 바꿔 주십시오.

　❼ 주소와 우편번호를 쓰십시오.

　❽ 이쪽으로 들어오십시오.

　❾ 내 이야기를 들으십시오.

　❿ 이 옷을 입으십시오.

✎ –(으)ㅂ시다

1 ❶ 편지를 보냅시다.

　❷ 돈을 바꿉시다.

　❸ 여기에 앉읍시다.

　❹ 돈을 찾읍시다.

　❺ 통장을 만듭시다.

　❻ 선생님의 이야기를 들읍시다.

　❼ 이 책을 읽읍시다.

　❽ 수미 씨에게 전화를 겁시다.

2 ❶ 보냅시다.　　　　❷ 보냅시다. / 씁시다.

　❸ 탑시다.　　　　　❹ 쉽시다.

　❺ 공부합시다.　　　❻ 기다립시다.

　❼ 갑시다.　　　　　❽ 먹읍시다.

말하기 연습

P.207

1. 1) 통장을 만들려고 합니다./
      통장을 만들고 싶습니다.
   2) 보내려고 합니다./ 보내고 싶습니다.
   3) 돈을 바꾸고/ 달러를 바꾸고
   4) 어떻게 오셨습니까?
      영국까지 얼마나 걸립니까?

읽기 연습

P.208

1. 1) ×   2) ○   3) ○

쓰기 연습

P.209

1. 1) (1) 마이클 씨는 편지를 보냅니다.
      (2) 수미 씨에게 썼습니다.
      (3) 편지는 한국에 보냅니다.
          일주일쯤 걸립니다.
   2) 마이클 씨는 수미 씨에게 편지를 썼습니다.
      편지를 쓰고 봉투에 넣었습니다. 마이클 씨
      는 봉투에 우표를 붙였습니다. 그리고 편지
      를 보내러 우체국에 갔습니다. 편지를 한국
      에 보냅니다. 한국까지 일주일쯤 걸립니다.

제15과 약국

어휘와 표현

P.212~213

1. ❶ 목   ❷ 팔   ❸ 배
   ❹ 손   ❺ 다리   ❻ 발
2. ❷ ⓔ   ❸ ⓕ   ❹ ⓑ
   ❺ ⓐ   ❻ ⓓ

문법

P.214~221

✏ -아/어/여도 되다

1. ❶ 먹어도 돼요?
   ❷ 놀아도 돼요?
   ❸ 마셔도 돼요?
   ❹ 해도 돼요?
   ❺ 가도 돼요?
   ❻ 피워도 돼요?
   ❼ 봐도 돼요?
   ❽ 열어도 돼요?
   ❾ 써도 돼요?
   ❿ 받아도 돼요?

2. ❶ 먹어도 돼요?
   ❷ 마셔도 돼요?
   ❸ 창문을 열어도 돼요?
   ❹ 들어도 돼요?
   ❺ 와도 돼요.
   ❻ 가도 돼요?
   ❼ 앉아도 돼요?/ 쉬어도 돼요?
   ❽ 봐도 돼요?/ 읽어도 돼요?

✏ -(으)면 안 되다

1. ❶ 먹으면 안 돼요.
   ❷ 마시면 안 돼요.
   ❸ 열면 안 돼요.
   ❹ 전화를 걸면 안 돼요.
   ❺ 사진을 찍으면 안 돼요.
   ❻ 담배를 피우면 안 돼요.
2. 1) ❶ 가: 돼지고기를 먹어도 돼요?
         나: 돼지고기를 먹어도 돼요.
      ❷ 가: 돼지고기를 먹어도 돼요?
         나: 돼지고기를 먹으면 안 돼요.
   2) ❶ 가: 밖에서 놀아도 돼요?
         나: 밖에서 놀아도 돼요.
      ❷ 가: 밖에서 놀아도 돼요?
         나: 밖에서 놀면 안 돼요.
   3) ❶ 가: 담배를 피워도 돼요?
         나: 담배를 피워도 돼요.
      ❷ 가: 담배를 피워도 돼요?
         나: 담배를 피우면 안 돼요.
   4) ❶ 가: 사진을 찍어도 돼요?
         나: 사진을 찍어도 돼요.
      ❷ 가: 사진을 찍어도 돼요?
         나: 사진을 찍으면 안 돼요.

✏ -지 말다

1. ❶ 먹지 마세요.
   ❷ 하지 마세요.
   ❸ 열지 마세요.
   ❹ 나가지 마세요.
   ❺ 찍지 마세요.
   ❻ 하지 마세요./ 걸지 마세요.

✎ -(으)ㄴ 후에

① ❶ 약을 먹은 후에
　❷ 물을 마신 후에
　❸ 밖에서 논 후에
　❹ 식사를 한 후에
　❺ 창문을 연 후에
　❻ 음악을 들은 후에
　❼ 옷을 입은 후에
　❽ 친구를 만난 후에
　❾ 운동을 한 후에
　❿ 전화를 받은 후에
② ❶ 밥을 먹은 후에
　❷ 샤워한 후에 아침을 먹었어요.
　❸ 전화한 후에 친구를 만났어요.
　❹ 친구를 만난 후에

✎ -기 전에

① ❶ 자기 전에
　❷ 먹기 전에
　❸ 하기 전에
　❹ 오기 전에
　❺ 오기 전에/ 도착하기 전에
　❻ 하기 전에
　❼ 가기 전에 가요.
　❽ 밥을 먹기 전에

말하기 연습　　　　　　　　P.222

① 1) 먹은 후에
　2) 콧물이 나고 열이 나요./
　　열이 나고 콧물이 나요.
　3) 먹어도 돼요?
　　아니요, 운동을 하면 안 돼요./
　　아니요, 운동을 하지 마세요./
　　아니요, 운동하지 말고
　4) 콧물이 나고
　　머리도 아파요.
　　나가도 돼요?

읽기 연습　　　　　　　　　P.223

① 1) ✕　　　2) ○　　　3) ✕

쓰기 연습　　　　　　　　　P.224~225

① 1) (1) 배가 아파요.
　　(2) 고기를 너무 많이 먹었어요.
　　(3) 병원에 갔어요.
　　(4) 밥을 먹으면 안 돼요.
　　　운동을 하면 안 돼요.
　　　약을 먹어야 돼요.
　2) 나는 오늘 고기를 너무 많이 먹었어요. 배탈이 나서 병원에 갔어요. 나는 밥을 먹으면 안 되고 운동을 하면 안 돼요. 그리고 약을 먹어야 돼요. 나는 집에 와서 약을 먹었어요. 그리고 쉬었어요.

종합 연습 Ⅲ　　　　　　　P.226~231

① 1) ❹　　　2) ❶　　　3) ❸
② 1) ❷　　　2) ❸　　　3) ❹
③ 1) ❷　　　2) ❷　　　3) ❸
④ 1) ❷　　　2) ❸　　　3) ❹
⑤ 1) 전화할게요.
　2) 피우면 안 돼요./ 피우지 마세요.
　3) 먹어도 돼요?
⑥ 1) 내 취미는 운동하는 것이에요.
　2) 할아버지께서 저녁을 잡수세요./
　　할아버지께서 저녁을 드세요.
　3) 감기에 걸려서 운동을 못 해요.
⑦ 1) ❸　　　2) ❷　　　3) ❷
⑧ 1) 집이지요?
　　바꿔 주세요.
　2) 사진을 찍는 거예요.
　　한 달에 세 번쯤 찍어요.
⑨ 1) (라)-(나)-(마)-(다)-(가)
　2) (바)-(나)-(사)-(가)-(라)-(마)-(다)
⑩ 1) ❹　　　2) ❷
⑪ 1) ❸
　2) 지난주에 조금 바빠서
　3) ❸

外語學習系列 05

高麗大學韓國語 ①
Workbook

編著｜高麗大學韓國語文化教育中心・翻譯、審訂｜朴炳善、陳慶智
責任編輯｜潘治婷、王愿琦・校對｜朴炳善、陳慶智、潘治婷

內文排版｜陳如琪、余佳憓

瑞蘭國際出版
董事長｜張暖彗・社長兼總編輯｜王愿琦
編輯部
副總編輯｜葉仲芸・主編｜潘治婷
設計部主任｜陳如琪
業務部
經理｜楊米琪・主任｜林湲洵・組長｜張毓庭

出版社｜瑞蘭國際有限公司・地址｜台北市大安區安和路一段104號7樓之1
電話｜(02)2700-4625・傳真｜(02)2700-4622・訂購專線｜(02)2700-4625
劃撥帳號｜19914152 瑞蘭國際有限公司・瑞蘭國際網路書城｜www.genki-japan.com.tw

法律顧問｜海灣國際法律事務所　呂錦峯律師

總經銷｜聯合發行股份有限公司・電話｜(02)2917-8022、2917-8042
傳真｜(02)2915-6275、2915-7212・印刷｜科億印刷股份有限公司
出版日期｜2012年12月初版1刷・定價｜350元・EAN｜4712477100348
　　　　　2023年10月五版1刷

瑞蘭國際